学生前沿
学奇遇记”
系列

水獭探秘小队

[韩]郑在恩 著 [韩]朴宰贤 绘 樊梓贤 译

中信出版集团 | 北京

科学家有话说

与生活息息相关的宝贵环境

你们知道我们每天要摄入多少水分、呼吸多少空气吗？没有水的话，我们很难活过一周；没有空气的话，我们可能活不过一分钟。水和空气是如此的重要，我们却一点儿也不重视它们。

近100年来，人类在发展中取得了耀眼的文明成果。享受文明成果的我们早已习惯了当中的便利之处，但这些便利背后，有着各种环境污染问题：二氧化碳排放导致全球变暖；有害物质排放导致大气污染和水污染……而我们污染的环境又反过来危害到我们，形成恶性循环。

尤其是在工业快速发展的过程中，化石燃料的过度使用使许多有害化学物质被大量排放出来。这不仅破坏了美丽宜人的环境，还侵害了生态系统，危及人类的生命健康。解决环境问题已经成为当今国际社会共同瞩目的大事。

环境工程学是一门通过开发既能保护自然环境又能让人

类更好地利用环境的技术，来改善遭到破坏的环境的学科。我们要学会在失去之前珍惜那些宝贵的东西。因此，环境工程师们正在努力在不破坏环境的前提下，为后人留下一个舒适宜居的环境，并最大限度地保持环境的原状。未来并不是天赐的，而是靠我们的双手创造出来的。

只要你们也喜欢身边的自然环境，热爱地球，你们就可以成为环境工程师。希望阅读本书的小读者们能够认识到保护环境的重要性，在生活中充分发挥保护环境的主人翁精神。

金信道

首尔市立大学环境工程学教授

故事大王有话说

保护环境的小英雄

在我上小学六年级的时候，老师常常会给我们讲未来社会。其中有一个关于水和空气的故事，至今还清晰地印在我的脑海里。

“等你们长大了，不仅要花钱才能喝上水，连空气也要花钱买才能呼吸上。因为随着工业越来越发达，尽管人们的生活也越来越便利，但水和空气肯定会被污染的。”

那时的我完全不相信老师的话。我不屑地笑了笑，心想：就算水变成那样了，怎么可能连空气也要花钱买呢！如果世界真的变成那样了，估计人类也无法生存了吧。

然而，老师口中的世界也许真的要到来了。今年春天，我常常要戴着口罩呼吸雾霾天里首尔的空气，不禁觉得也许花钱买纯净空气来呼吸的日子离我们不远了。曾经那么洁净的自然环境怎么会变成这样呢？人们不过是想过上更便利、更富有的生活罢了。

问题正是出在这种想法上。我们只考虑人类自己，而没有考虑其他生物和整个地球，盲目地进行开发。我们并不懂得：如果真的想要追求更好的生活，我们应该和地球上的其他所有生物和谐共处。

幸运的是，现在全世界都在努力寻求既能保护自然环境又能更好地利用它的方法，尤其是环保践行者和环境工程师们做出了极大的贡献。阅读本书的各位小读者也可以为环保做出小小的贡献哟。不使用一次性用品，不购买不需要的商品，认真参与垃圾回收利用，不浪费食物，能做到这些就非常了不起了。

环境工程师的任务就是研究出能够恢复自然环境和不会对环境造成负担的技术。希望阅读本书的小读者也能在长大后投入这样非凡的事业中来。

也许地球恢复健康之后，北极熊们会给你们敬礼道谢呢。当然，我也会向你们说谢谢的，因为保护环境的你们就是守护地球的小英雄呀。

郑在恩

目录

第1章

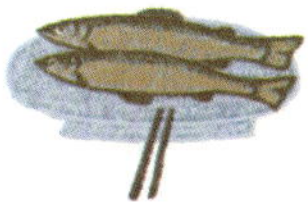

海因河水獭探秘小队正式成立！

天空终于放晴了。金光闪闪的阳光照亮了秀丽市的每一个角落。阳光公园广场和朝着广场东侧流淌的海因河上也洒满了温暖的日光。人们纷纷来到公园里，享受沙尘暴和雾霾天气后好不容易出现的宝贵晴天。

东海也拿着他的旧滑板来到了广场。在自行车、婴儿车和滑板车之间自如穿梭的东海露出了满足的笑容。从前总像是要摔倒的半蹲滑板姿势，现在已经变得有模有样了。

东海朝着在广场一侧开展的“第三届秀丽环境保护工程宣讲会”望去。秀丽环保工程是一个大约在20年前开始的环境改善项目，旨在拯救一度沦为污染工业城市的秀丽市的环境。现在，这个工程也在努力寻找保持秀丽市自然环境的健康面貌和改善市民们的生活环境的方法。

“近来，雾霾造成的大气污染成了最严重的问题。就算要支付高昂的费用，我们也一定要遏制住大气污染。否则，我们的后代就会遭受极大的痛苦。投入更多的资金

自然不在话下，我们还应该减少石油、煤炭等化石燃料的使用……”

东海被这个阿姨的讲话吸引住了，她的胸前挂着一个写有“尹星博士”的名牌。

“我也赞同阿姨的话。所以，我们不要只是嘴上说说，得行动起来呀！”东海自言自语着转过身去。

这时，啪的一声，一个西装笔挺的叔叔在经过的时候撞到了东海的肩膀。

“哼！整天嚷嚷着自然、自然，别说未来了，说不定还没到未来，国家就已经完蛋了。”那个叔叔鲇鱼似的嘴

唇一张一合地小声嘟囔道。

东海好像在哪儿见过很多次这个叔叔。宽宽的大脸，乱蓬蓬的刘海，缩头乌龟一样的短脖子……但又一下子想不起来他是谁。

“是笑星吗？不出名的笑星？”

东海耸了耸肩，冲刺似的跑去了广场中央。他看到台风在那儿朝他招手。

“我可要给你瞧瞧我新学会的滑板技术。你肯定会被我的 180 度旋转刹车给吓到。”

兴奋的东海把右腿往后挪了挪，还把重心往前移了移。突然，东海咚的一声摔趴在地上。

“东海！”被吓了一跳的台风大喊起来。

为了掩饰尴尬，趴着的东海装作毫不在意的样子举起了右手，轻松地回喊：“嗨，台风！我没事儿！”

“我可有事。你差点儿压坏了我的新无人机。”

东海猛地站了起来。还好新无人机没事。虽然被滑板刮花了一点儿，但似乎没有坏掉。东海用不好意思的笑容和夸张的称赞代替了歉意。

“哇，你这个看起来真不错！和上次的那个玩具完全不一样。画质也很棒，对吧？不如飞一下看看吧！”

对称赞毫无抵抗力的台风马上变得开心起来。台风用手机操控无人机高高地飞到半空中[1]，脸上露出了仿佛得到了整个世界的满足表情。但刚刚还在炫耀新玩具各种功能的台风，突然换上一副郁闷的苦瓜脸。

“唉，但之后的一年里我就什么都没了。”

“为什么？”

“其实这个无人机是我今年的生日礼物加儿童节礼物、圣诞节礼物，还要预支一年的零花钱才买来的。本来还要搭上明年的零花钱，我央求了好久才保住了。从现在开始，我可是穷光蛋啦。现在才不过春天，一直到冬天我都得勒紧裤腰带了。再也不能收到零花钱和礼物了。”

台风的神情跟天塌下来了似的，和去

① 我国相关条例规定，轻型无人机驾驶员应当年满 14 周岁，未满 14 周岁应当有成年人现场监护。——编者注

年的这个时候一模一样。

去年的春天，台风收到了一份礼物，是最新款的智能手机。原本不停炫耀新手机的时候，像是获得了全世界般兴奋的台风，转眼间就变得和现在一样郁闷了。

“其实这部手机，是我今年的生日礼物加上儿童节礼物、圣诞礼物，还贴上了一整年的零花钱。我现在是穷光蛋了。”

去年台风真的因为没有钱，画片买不了，饮料也买不了。整天就对着朋友们讨要：“就让我喝一口嘛。”最后总是落得被嫌弃的下场。尽管如此，他竟然还重蹈覆辙！东海想，看来人也不总是能吸取教训的嘛。

“东海，你说，有什么能赚钱的办法呢？”台风沮丧地问道。

“小学生怎么赚钱呀？我们连兼职都做不了。”

“是吧！啊，我就是秀丽市最穷的小学生。是不是很可怜？所以你给我买一瓶饮料吧。”

“你都有超级贵的无人机和超级贵的手机了，还哭穷？”

台风仔细一想，好像也找不到反驳的理由，马上又嘻

嘻笑了起来。看着单纯又活泼的台风，东海也跟着笑了起来。

东海和台风从四岁开始就是最要好的朋友了。如果其中一个人有烦恼，另一个人一定会用心去倾听他的烦恼，然后两人一起寻找解决方法。这一次，东海依然也一边打量着这架新款无人机，一边思考有没有什么办法能把台风从没有钱的窘境中解救出来。

这时，公园里的喇叭响起了广播：

提供可回收物可以免费换取垃圾袋。自带水杯免费赠送冰冰凉凉的冰块。

“真是的，吵得我都没办法集中精力思考了。”台风嘟囔道。

但东海从吵闹的广播声里找到了能让台风赚钱的办法。

“台风，你看到那边在举行环保活动了吗？”

台风看也没看，直接摇了摇头。他本来就对那些穿着西装的大人们的活动毫无兴趣。

“那个是保护秀丽市环境的活动。虽然我认为比起这些活动，在日常生活中实际去保护环境更加重要，不过呢，我刚刚看到那里有环保大赛，而且还有小学生组呢……”

“大赛？有奖吗？奖金呢？”台风一下子打断东海问道。

“嗯，奖金呢……”

还没等东海说完，台风就真的跟一股台风似的嗖地跑向活动现场，然后拿着报名表大摇大摆地走了回来。

“你不是对环境不感兴趣吗？”

“没关系。我对奖金感兴趣，你对环境感兴趣嘛。”

台风咧着嘴大笑起来。他还摸了摸东海的脑袋，庆幸平时很关注环境保护的东海是自己的好朋友。

东海虽然只是个小学生，但他也是个十分少见的环保践行者，而且是个不只是嘴上说说，还会认真去实践的践行者。去比较近的地方时，东海绝对不乘车，通常会骑自行车或者滑滑板。他还遵循不买新的、只用二手的自行车和滑板的原则。衣服、书包和玩具等必需的物品，都尽力不买新的，只用二手的。而塑料杯、塑料袋、一次性用品则一概不用，洗发水和洗衣液也几乎不用。而且他还十分认真仔细地分类回收可回收物，不制造垃圾。学校的配餐更是吃得干干净净，不制造一丁点儿厨余垃圾。这个小小环保践行者唯一的不足之处，就是他太节约用水，以至于没有好好洗澡，偶尔身上的汗臭味会充满整个教室。但台风并不在意。因为他有严重的鼻炎，嗅觉不灵敏。

“你想好环保大赛的主题了吗？可不能让我来想。”东海担心台风带头开始的活动，最后还是要自己来收拾残局，于是打起了退堂鼓。

台风便大声地夸下海口：“别担心，我已经有主意了。根据我的线报，海因河开始有水獭栖息在那里了。我们就去找那些水獭，然后拍些照片就好啦！那我们队伍的

一级水……
海困河水獭探秘小队！

名字就叫‘海因河水獭探秘小队’吧。我当队长，你当队员吧。”

“这不可能。”东海叫了起来。

于是，沮丧的台风马上瞟向东海，挠了下脑袋：“好吧，好吧。那你来当队长，我来当队员吧。不过，队长要写报告的哟！”

“谁当队长不是问题，海因河里没有水獭才是问题。水獭只在干净的一级水里栖息。”

“为什么？海因河不是很干净吗？那里还有很多鱼呢。水獭靠吃鱼生存的嘛。那为什么水獭不能在有那么多鱼的海因河里生存呢？我要是水獭的话，我可太愿意在那里生活了。”

“才不是。海因河也是这几年才变干净，成为现在的样子。你不也在学校里学过嘛。”

孩子们在学校里学习了秀丽市的历史。

秀丽市自古以来便是个山清水秀的地方。环绕城市的山上长满了四季常青的树木，清澈的河水流淌在海因河里。居住在秀丽市的人们在肥沃的土地上耕种，捕食大海和河里的鱼，过着富裕的生活。据说从前人们还会捕捉海因河里以肉质鲜美闻名的香鱼，进献给皇帝。

“你们知道香鱼有多好吃吗？隐隐有一股清凉的西瓜香味……”老师一边介绍，一边还咕咚地咽了口口水。

但台风觉得老师在吹牛。竟然有没有鱼腥味但有西瓜香味的鱼？

“其实，老师从来没有尝过海因河的香鱼。在我小时候，海因河还是非常脏的。那个时候，国家正在大力进行开发。当时不停地建造工厂，然后制造各种商品出口到国外去。秀丽市里也建起了许多工厂。工厂每天都会冒出黑乎乎的废气，污水没有经过仔细净化就被随意排放出去。没过几年，海因河便成了噗噗冒泡、表面浮满油污的臭水河。”

台风依然觉得老师在夸大其词。他从小就能看到海因河，但从没见过什么臭水河。

“看着现在的海因河，是不是觉得完全想象不到呢？海因河是从大约20年前才开始变干净的。从我们市里的工厂为了更便宜的租金和劳动力搬去其他国家开始。”

这些以牺牲环境为代价的企业在大赚一笔后，留下被污染的河水和土地，以及丑陋的工厂，消失得无影无踪。谁来拯救被污染了的

环境？最终还是要在秀丽市继续生活下去的市民们启动了秀丽市环保工程。他们先是拆除了空无一人的工厂，净化工厂附近被污染的土地。为了保护河水不受上游畜牧业、农业排出的污水影响，人们还在上游放置了净水设施。不仅如此，为了不会再有工厂建在海因河附近，秀丽市干脆修改了法律。而海因河上游的发电厂，在满足了加高烟囱并放置空气净化设备、把发电燃料从煤炭换成天然气的条件后，得以保留下来。在 20 多年来政府与市民们的努力下，在日益发达的环境工程技术的加持下，海因河才变得像现在这样干净。

“我们一定要更加努力，把海因河水变成一级水！”老师像演说家似的攥紧了双拳。

“没错，老师说过海因河不是一级水呢。”才想起来的台风自言自语道。

“所以说，海因河里是不会有水獭的。再想想其他主题吧。”

台风思考得入了神，然后开心地笑了起来。

“东海你什么都好，就是太消极了。海因河以前那么脏，现在不也变干净了？所以在我们没去检测的时候，说不定已经变成一级水了。水獭也是，以前不在海因河栖息，说不定现在就在那里栖息了呢。而且身体特别好的水獭也许也能在二级水里一边游泳一边捕食鲫鱼呢。”

不愧是积极乐观的王台风。但是东海却激动地反驳起来，甚至喷出了唾沫星子：“鲫鱼是在浑浊的三级水里生存的。水獭才不吃脏兮兮的鲫鱼，它们靠捕食鱖鱼、鲦鱼和朝鲜鱖之类干净的鱼为生。”

“咦，等等！”

这时，台风的注意力被吸引到别处了。像是被迷住了似的盯着什么东西，然后朝着那个方向跑过去了。过了好一阵子，台风回来了，眼睛亮晶晶的，发着光。

“东海，我好像陷入初恋了。我在那儿遇见了一个真的非常漂亮的女孩。她好像也喜欢上我了。她对着我笑了。她是谁呀？从来没见过。好像不是我们学校的。”台风咋咋呼呼地说道。

东海冷笑了一下：“初恋的‘初’字可是第一次的意思。但你知道你这是第几次了吗？”

“以前只是喜欢，这一次真的是初恋。那种好像真的会实现的初恋。她对着我笑了呢。”

“那是因为你长得好笑才笑的。女孩子看到长得皱皱巴巴的小狗不也不停地笑嘛。这个和你现在一模一样。我们回家吧。”

“啊，我要去哪儿才能找到我的初恋呢？该不会就此永远错过了吧？”

“我可不管。你还是好好想想找水獭的事情吧。不是说要拿那 100 万韩元的奖金吗？”

没有比奖金更能安慰失去初恋的台风了。台风马上又

把注意力放回到环保大赛上。

“没错。我们可是水獭探秘小队！我们决定由谁来当队长来着？是我吗？是我吧！”

看来台风不仅想要拿奖金，还十分想当队长呢。

威胁地球的环境污染

为什么会有环境污染呢？

环境是环绕在我们身边的一切。我们在生活中与环境相互影响。

环境分为自然环境和人工环境。自然环境包括空气、水、土壤、植物、动物、微生物等，也包括风、云、雨等自然现象。我们吃的、穿的、用的等所享受的一切都是从自然环境中得来的。

人工环境呢，就是房子、汽车、工厂、学校等。城市便是典型的人工环境。随着科技与工业日益发达，人工环境渐渐多了起来。虽然人工环境给我们的生活带来便利，但它也在破坏着自然环境。

城市制造出生活污水、垃圾、废气，而工厂在制造为我们提供便利的物品时，也会排放出废气和废水，污染大自然。人类在想要发展得更快的欲望的驱使下建造道路，生产汽车，使得山和树林也以极快的速度消失。

造成环境污染的罪魁祸首正是为我们带来便利的发达的工业。更准确地来说，罪魁祸首是忽视地球受到的污染、盲目追求生活便利的人类的欲望。

环境污染会造成什么后果呢?

环境污染造成的典型后果有全球气候变暖。如果地球的温度以如今的速度继续上升的话，那么 100 年后南北极的冰山几乎都会融化，海平面也会上升。这样一来，小岛以及海边的地面会被海水淹没，许多人便会失去家园。许多动植物也会灭绝，耕地和可饮用水源将会减少，人类的生存将渐渐变得艰难起来。

目前，水污染也非常严重。被工厂的工业废水和家庭的生活污水等污染的江水流入大海，污染了海水。在太平洋，有一座由各国漂流来的塑料垃圾堆积成的小岛。这个塑料垃圾岛的体积巨大，以至于目前既没有足够的钱也没有相应的技术来清除它。

大气污染问题也十分严峻。韩国的雾霾污染十分严重。雾霾里的细颗粒物不仅对人和动物的呼吸道有害，还可能引起肺炎等十分可怕的疾病。不仅如此，大气中的有害物质还会混入雨水中，在降雨时污染土壤和湖水，使植物和鱼都无法正常生长。

环境污染不是一两句话就能带过的问题，它打破了地球生态系统的平衡，威胁着所有生物的生存。所以，防止环境污染是十分重要的。

环境污染有多严重呢?

虽然我们经常会听到“环境污染十分严重，我们要好好保护环境”这样的话，但环境污染到底有多严重我们可能并不了解。来看一看这个环境危机时钟就能具体地体会到这个问题啦。

环境危机时钟是由日本的环保团体“旭玻璃基金会”在1992年首次设立的。基金会在向全世界环境专家进行调查后，再根据调查结果用时钟的方式表示地球环境恶化程度。

环境危机时钟指向12点时，便意味着人类再也无法在地球生存。环境危机时钟在1992年刚设立的时候指向的是7点49分。然而，到了2015年，世界平均时间点已经到了9点27分。北美洲和大洋洲已经超过了10点，而亚洲是9点19分。现在，我们距离预示着人类灭亡的12点已经不到两个半小时了。

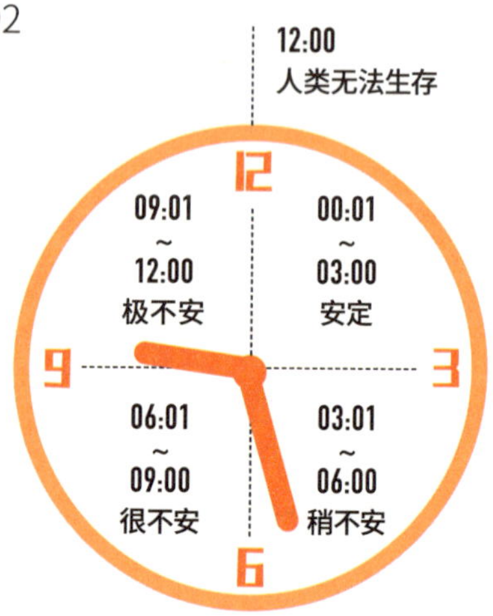

环境工程学可以保护环境吗？

我们不能因为担心污染环境而回到原始生活。我们当然不能索性销毁掉所有排出废气的汽车，或是在冬天不使用暖气，也不能关掉所有发电站和工厂。我们要找到既能够利用环境来创造便利的生活，又能不污染环境的办法。因此，环境科学和环境工程学便诞生了。这些科学的目的就是让我们在防止环境污染、保存自然资源的同时，持续地利用环境，过上更好的生活。

环境科学是找到环境问题的原因和结果的学科，而环境工程学是开发出能够经济地解决环境问题的技术的学科。环境工程师们研究的领域十分多，如气候变化、大气环境、水污染、土壤污染、资源能源问题、噪声污染、光污染、生物多样性问题等。

第 2 章

鱼群死亡事件

到了搜寻水獭的第一天了。虽然这是由台风发起的，但一大早，东海反而更兴奋。最近有新闻报道说在海因河的源头水域发现了一窝水獭。报道还说，这窝水獭有可能会移居来秀丽市这边。

“今天天气怎么样呢？居然是大阴天再加上雾霾。不过，幸好天气预报没说会下雨。”

东海认认真真地戴好口罩，走出家门。他还带上了印着水獭粪便和足印照片的动物百科全书，然后前往约定好的地点——海因河瞭望桥。瞭望桥相当于连接阳光公园南北两边的天桥，在上面能一眼看到整条海因河。

在瞭望桥的南边和北边各有一座小桥，它们被孩子们称为“萝卜桥”和“狗桥”，连接了阳光公园和河对岸。

“想要找水獭的话，是不是去对岸会好一些呢？”东海拿着动物百科全书自言自语道。

这时，天空仿佛闹肚子一般，发出轰隆隆的巨响。看着变脸比翻书还快的天，东海不禁想，今天是不是该带伞而不是动物百科全书出来呢？

“怎么拿着书出来了？你也太老土了吧。书上的东西这里全都有。”不知道什么时候，台风走了过来，把在手机上找到的水獭照片和信息秀给东海看。

东海左右摇了摇小脑袋：“无论是小孩还是大人都用手机也会造成环境污染。你知道制造一台手机需要用掉多少水和资源吗？最坏的便是经常换新款手机了。手机里可是有严重污染环境的重金属的。每丢掉一台手机，地球就离死亡更进一步。”

“你说得对，我知道啦。不过就算是这样，我还是喜欢新款手机呢。”

下桥走向海因河的东海和台风一路上也不停地嬉笑打

수달

闹着。

海因河的一侧整齐美观地沿河堆砌着石头，形成了一个洁净的公园；另一侧则保留了蘼草和荻等草丛茂盛生长的自然面貌。这是主张保留自然面貌和主张进行开发使人与自然和谐相处的两派激烈争论的产物。尽管跨过萝卜桥和狗桥这两座垫脚石桥就能从阳光公园过去河的另一边，但几乎没有人过去河对岸散步。这是因为自然生长的草丛实在是太茂密了，显得有点儿阴森。

台风和东海在公园一侧的河岸仔仔细细地找了一遍。他们没有期待在第一天就能找到水獭。虽然心里还是希望至少会发现几处水獭粪便或者足印，但别说水獭粪便了，两人连鸟屎都没见着，只有狗屎偶尔出现在散步小道上。

东海指了指看起来更适合动物藏身的河对岸：“要不我们去那边瞧瞧吧？如果真的有水獭的话，它们应该也会在那边吧？”

台风也望向了对岸。他并不喜欢那片跟巫婆乱蓬蓬的头发一样的茂盛草丛。这时，一个闪电划开乌云，雨点突然落下来。

“怎么又下雨了呀？”台风抱怨道。

东海却微笑了起来："像今天这样雾霾严重的天气，就是下雨才好呢。如果降雨时落下的是直径超过两毫米的大雨滴，那么就可以洗掉空气里的细颗粒物。细颗粒物会引发癌症等凶险的疾病，据说细颗粒物进入脑部还会造成阿尔茨海默病。虽然我们的衣服会被打湿些，但这场雨是值得我们感恩的。"

东海把眼睛眯成细细一条，仰望着天空。"你看那朵乌云。看来雨还会下大的。我们赶紧去学校吧。"

"等会儿！东海，你快看那边。"台风着急地抓住东海的手说道，"喏，你看到对面那个奇怪的东西了吗？那个看起来像是白色塑料膜的……该不会是尸体吧？"

东海咂了咂嘴，登上了瞭望桥。虽然他能肯定沉迷推理小说的台风肯定是看错了，但万一真的是尸体的话，要站在高处往下看才能看清楚。从瞭望桥上往下看，他看到台风已经踏上了垫脚石桥，正在走向对岸。东海瞪大了眼睛望向河对岸。虽然被草丛挡住了，看不太清楚，但还是能隐约看到有一个白白的、闪烁着的东西。然后他看到一个穿着黑色衣服的人快速离开的背影。东海的心咯噔一下沉了下去。

“该不会真的是尸体吧？那个应该是塑料膜吧？如果是把尸体裹在塑料膜里然后扔掉的话怎么办？我没有电话，也没办法打电话报警呀……”

东海急得直跺脚，赶紧跑下桥来到岸边。如果那个东西真的是尸体，他不能留台风一个人在那里。东海小心翼翼地跨过垫脚石桥。

“台风，你没事吧？刚刚有一个看着很可疑的人走过去了，你看到了吗？”

“没，我没看见有人。不过你来看看这个。这里有尸体，而且有很多。”

东海不自觉地把眼睛眯得只剩一条缝，腿不住地发抖，膝盖都软了。幸亏他已经跨过了垫脚石桥，不然差点儿就要掉进河水里

了。在台风的催促下，东海好不容易睁开眼睛走了过去。幸好，那不是人的尸体。

“切，明明是死鱼嘛。我还以为……”

东海一下子放下心来，同时也生起气来。他觉得破坏自然和伤害人类一样，都是严重的罪行。

“到底是谁把河水污染成这样，杀死了这些鱼？我一定要抓住那个犯人。一定会抓到的。”

东海马上用台风的手机打电话向市政府举报。这时，雨又开始下大了。于是两人戴上夹克上的兜帽，冲向了学校。尽管如此，他们还是迟到了。

台风推开后门，大大咧咧地跑进教室。看着身上滴着雨水还往里走的台风，老师不禁皱起了眉头。就在老师要开始唠叨的时候，东海轻手轻脚地走进了教室。

“对不起，老师。我迟到了。”

老师惊讶地把眼睛瞪得圆圆的。这是因为从来没有迟到过的模范学生东海不仅迟到了，还从头到脚都湿透了，滴答滴答地滴落着雨水。

“南东海，怎么连你也这样？到底是怎么一回事？为

什么两个人都湿得跟落汤鸡一样？”

“老师，我们发起了一个叫水獭探秘小队的行动。我们一大早去了海因河那边，因为突然下起了大雨，所以迟到了。”

东海弯腰深深地鞠了个躬，向老师道歉，还用一只手把台风的头也往下按，让他也一起鞠躬道歉。

“好，我知道了，下不为例。河边很危险，记得提高警惕。快坐下吧。我给你们介绍新来的转校生。”

站在黑板前把棒球帽檐压得很低的那个学生摘下了帽子，一头柔顺的秀发散落开来。

“大家好，我叫尹海洋。很高兴认识你们，以后大家一起愉快相处吧。”海洋轻快地挥了挥手，向大家打招呼。

班里的孩子们纷纷鼓掌表示欢迎，除了台风。台风惊讶得合不拢嘴，丢了魂儿似的望着海洋。东海使劲戳了戳台风的腰，小声地说道：“把嘴巴合上，小心苍蝇飞进去。”

“是……是她。”

“谁？”

“我的初恋，那次在阳光公园看到的那个女生。真的很漂亮，对吧？是不是很像明星？”

东海再次朝海洋看去。她的确有一双弯弯的月牙眼，看起来挺温柔的，不过也没有明星那么漂亮。

“我喜欢的明星可比她漂亮。”东海耸了耸肩，他已经做好心理准备在接下来的三个月时间里都要听台风在自己耳边唠叨尹海洋的事了。尽管台风的初恋来得很轰轰烈烈，但估计再长也长不过三个月。

如东海料想的一样，刚到下课时间，台风便开始了他的行动。他像一块牛皮糖似的，紧紧跟在海洋旁边，滔滔不绝地说着杂七杂八的各种话题。又说要带她参观学校，又说要告诉她关于魔鬼老师的情报，还说要告诉她哪儿有好吃的炒年糕店。就这样，在不停地套近乎之后，台风也没忘了抛出缘分的诱饵。

“对了，海洋，你昨天是不是去了阳光公园呀？”

“你怎么知道的？我刚好有事要找妈妈才去的。”

“果然我们很有缘分！我昨天在那儿看见你了。我们还对视了，你还记得吗？居然在这儿又相遇了。”

“你可真有趣。”

海洋连笔盒被台风的湿衣服弄脏了也没在意。听了台风那肉麻得让人起鸡皮疙瘩的话，她甚至咯咯地大声笑了起来。在东海看来，比起她的样子，海洋的性格似乎更不错。

“对了，你喜欢动物吗？比如说水獭那样的。”

听到台风突然提起了水獭，东海立马竖起了耳朵。

“嗯，我也挺喜欢水獭的，不过我更喜欢狗。”

“哇！我也一样。我也喜欢小狗。我喜欢雪白雪白的、毛茸茸的小狗，你呢？”

“我喜欢皮毛黑得发亮的狗。我们家就养了一条这样的狗。”

“真的吗？我也特别喜欢黑色的狗。我本来就喜欢黑色。

我们真是太有缘了。怎么连喜欢的东西都一模一样呢！”

东海实在无法继续听台风继续吹牛皮了。台风的确不讨厌小狗——那些体形娇小的、可爱的、绝对不会咬人的小狗。但只要是体形稍微大一点儿的狗，台风看见了就会不住地发抖。这个平时还挺大胆的家伙一看见大狗就会大喊大叫，还经常会为了避开狗而绕远路。上幼儿园的时候，他还曾经被黑色的珍岛犬吓得尿裤子了。他竟然能面不改色地撒谎说自己喜欢狗！

不知道是不是被台风的牛皮逗笑了，海洋咯咯地笑了起来。两人似乎已经亲近了不少。东海有些羡慕台风的自来熟，他只要下定决心，就能和任何人马上亲近起来。这

种像使劲摇尾巴的小狗似的自来熟性格在哪儿能买到呢？东海很想偶尔也借这种性格来用用。不过只是偶尔，他可不想整天都是这样。

“海洋，要不要加入我们的水獭探秘小队呀？这个小队有我和东海，我们在海因河找到水獭之后，写下报告，然后拿去参加秀丽市的环保大赛。奖金有整整 100 万韩元呢。拿到奖金的话，我们三个一起分，怎么样？”

“真的吗？好呀。我也想参加这样的活动。”

听着两人对话的东海一下子生气了。他不在意水獭探秘小队再多一个人。反正是台风发起的活动，对东海来说也不是那么的重要。但他没法原谅台风居然为了和海洋亲近起来，连自己的意见都没问就把她加进来。虽然不想让

自己看起像是嫉妒了，但东海按捺不住了。

“台风，我们不是说好了只有我俩去参加吗？”东海努力做出冷静的样子问道。

“怎么了嘛，三个人一起参加好不好？三个人不更好玩儿吗？就三个人一起参加吧。”

对着完全不会看眼色的台风，东海心里渐渐变得更生气了。你这个厚脸皮的家伙！看见女生连朋友都抛弃了！想着跟你要好才没和你计较，你还越发小瞧我了？东海的脸涨得通红。

这时，看懂了台风和东海意思的海洋赶紧开口了。

“等等，我不参加水獭探秘小队了。虽然听起来很好玩儿，但既然是你们俩先开始的，你们去参加吧。我没关系的。朋友间最重要的是和睦相处，我说得没错吧？”

海洋似乎比台风更明白事理。东海突然想和海洋一起组建水獭探秘小队了。这似乎会比和台风两个人要靠谱得多。但现在才来说想要她加入会让自己看起来像个傻瓜，所以东海只能继续装出生气的表情。

“没有提前问你，是我错了，对不起嘛。就原谅我这一次吧。嗯？东海？我们三个一起参加吧。我是觉得两个人做这个会太累了。”台风合拢手掌向东海撒娇央求道。

“哼！”东海故意把头转过去，背向台风。但突然他的视线对上了海洋笑眯眯的眼睛。在满脸笑容的海洋旁边，似乎也没办法一直摆出冷漠的表情。东海不再为难台风了。

“东海，你来当队长吧，我来写报告，如何？”

台风真的是完全，完全，完全没有自尊心呀。就像一只被训斥后摇尾巴讨好人的小狗。东海马上消气了。不过，东海还是装作生气的样子，酷酷地问道：“真的整份报告都是你来写？”

“那当然了。”台风摆出可爱的表情，眨了眨眼睛。

“我也会帮忙的，我喜欢写报告。”海洋也帮忙说了一句。

东海假装无可奈何的样子答应了。但其实他心里在叫好。尽管不知道能不能入选大赛，但至少不用费劲写报告了，而且海洋似乎比想象中要好。

历史上严重的环境污染事件

无声的凶手——伦敦雾霾事件

1952 年 12 月，伦敦的死亡率骤升。大约三周内，就有约四千人死去，很快又有八千多人死去。他们中的大部分是因为呼吸道疾病或者肺部疾病死亡的。到底为什么会发生这样的事情呢？原来凶手就是大气污染。

11 月至 12 月初，伦敦在几场大雪后气温显著降低，人们为此大量烧煤取暖。黑乎乎的煤烟从每家每户的烟囱里冒出来，整个城市被灰蒙蒙的烟笼罩住。偏偏这个时候伦敦出现了浓雾，煤烟与雾结合，形成致命的有毒物质，并一点点积累在伦敦市民的呼吸道上，最后造成了数千人死亡的后果。

当时欧洲的大城市都是用煤炭来做暖气燃料，所以每到冬天，经常会发生大气污染。据说现在他们已经不再使用煤炭燃料，并减少了汽车尾气的排放，在不断努力下减轻了大气污染。

目前，大气污染十分严重的国家主要分布在亚洲和非洲。这些国家工厂里排出的废气和家用的煤炭燃料造成了严重的大气污染，带来了严重的影响。

洛东江最大的水污染——苯酚污染事件

1991 年 3 月，韩国大邱市的自来水散发出一股恶臭。喝了自来水的人也纷纷出现腹痛、呕吐等症状，十分痛苦。面对说自来水味道奇怪的举报，净水厂在净水步骤里往水中注入更多氯气。以前的自来水就是把江水引流到净水厂，然后用氯气来消毒。然而，“消毒”过后的水散发出更难闻的味道了。这是因为河水被苯酚污染了。苯酚是强力的致癌物，和氯气相遇会变成更可怕的有毒物质，同时产生臭味。但净水厂的人并不知道水里有苯酚，于是使水被污染得更厉害了。

污染大邱市自来水的苯酚是从位于龟尾市的斗山电子工厂的管道里泄漏出来的。管道破裂导致约 30 吨纯苯酚流入洛东江，然后又流入了净水厂。真相被暴露出来后，净水厂马上停止用氯气消毒水源，转而净化被污染的江水。

但在大约一个月之后，洛东江里又发现了流出来的苯酚。原来，电子厂并没有完全修理好破裂的管道。洛东江和自来水再次被污染，人们对自来水失去了信心，深受环境污染的折磨。洛东江苯酚污染事件被环保团体列在“韩国 50 年代以来十大污染事件”之首，可见这是一场多么可怕的灾难。

那些发达国家悄悄往发展中国家转移的有害废物

20 世纪 80 年代末，尼日利亚科科港的很多码头工人和附近的居民出现了一种怪病。四处寻找病因的人们最终发现了堆放在科科港附近一户农民土地上的一堆有害废物。原来这是一家意大利公司把足足 3884 吨有害废物运进港口后堆放在这里的。这些有害废物散发出恶臭并渗出脏水，使码头工人和村民染上了怪病。

发现真相后，尼日利亚政府对意大利表示强烈谴责，并要求意大利政府把有害废物运回意大利，之后在科科村开启了修复工程。修复工程花了 100 多万美元，也有不少人在这个过程中死亡。因为当地人缺乏有关有害废物的知识和经验，在修复工程中时常会因为污染物而中毒。

然而，至今还有发达国家用金钱诱惑发展中国家，把垃圾转移到它们的国土上。

历史上最可怕的切尔诺贝利核事故

1986 年，苏联的切尔诺贝利核电站的核反应堆发生爆炸。核燃料燃起了熊熊大火，原本包围反应堆的厚厚的钢筋水泥屏障也碎裂了，大量放射性物质爆发出来。放射性物质泄露了整整 10 天，不仅污染了切尔诺贝利四周，还随烟云飘流到整个北半球。这是世界上最可怕的一次环境灾害。

放射性物质对人体而言是十分致命的。暴露在大量放射性物质中的人可能当场死亡，哪怕是极小量的放射性物质也会让人患上白血病、癌症等疾病，还会造成胎儿畸形。

切尔诺贝利核事故造成 30 人死亡，200 多人受到严重的放射性损伤，放射性污染影响远及 2000 千米。邻近的普里皮亚季成为无法居住的鬼城。尽管人们搬去了很远的地方，但后来还是饱受着各种疾病的折磨。

第3章

真雨和假雨

水獭探秘小队的队长最后还是由台风来当了。东海和海洋都是不太喜欢“当官”的类型。三个小伙伴每天一放学就会跑去阳光公园观察河岸。一周里大约有一天会早起在河岸碰面。他们仔仔细细地翻找了海獭可能会栖息的大石头。有一次还去了阴森森的河对岸，在草丛中翻找。但是过去了整整一周，别提水獭了，他们连水獭粪便的影子也没见着。其实，水獭是夜行性动物，虽然他们也想在晚上继续寻找水獭，但想要晚上出门可不容易。

“不如和爸爸妈妈说一声，我们每周晚上也出来一次吧。不答应的话，带上家里人一起去也行。”

根据海洋积极提出的建议，小队也在晚上进行了一番搜索，但依旧不见水獭的踪影。

“果然水獭不在海因河里栖息呢。”东海像是放弃似的说道，但他还是一天不落地绕着海因河搜索。

东海怀着和台风、海洋不太一样的心情观察着河水。当然，找到水獭是他们的首要目标，但和这个一样重要的是不再遇到死亡的鱼。东海担心像上次那样发现成群死亡的鱼，于是仔仔细细地观察河水。虽然市政府对上次的鱼群死亡事件进行了调查，但并没有发现特别的问题。市政府表示在死鱼身上和河水里都没有发现污染物质，并且表示死鱼的数量也不多，得出了仍需继续观察的结论。但东海还是十分在意这件事。他认为，如果没有人往河里投放污染物的话，鱼是不会死的。

到了第三个搜寻海獭的早上，这一天下起了淅淅沥沥的小雨。水獭探秘小队开始有些气馁了。台风担心这样下去的话会拿不到 100 万韩元的奖金，变得焦躁起来。东海则因为没再看到死亡的鱼放下心来，同时对探秘小队的活动有点儿懈怠了。

“怎么又下雨了？真不想出去。今年春天的雨真多，也经常打雷。虽然好像总是在有雾霾的时候下雨，也算是好事，不过继续下下去的话该有洪灾了。春天本来不应该是干旱的吗？”东海一边走上和伙伴们约好见面的瞭望桥，一边自言自语道。

突然，他往桥底下一瞧，看到一个穿着黑色雨衣的人从河对岸朝着阳光公园方向跨过石桥。那个人看起来很高，体格魁梧，和上次看到的那个可疑的雨衣背影很像。突然，一股不祥的预感袭来。东海赶紧冲下桥，跑去江边后跨过垫脚石桥。他看到河面上一片乱糟糟的草丛里挂满了什么东西。

“天哪！这是什么！到底是谁又干出这样的事情来？”

东海愤怒得全身抖了起来。

台风在瞭望桥上等着海洋。不久后，他便看到穿着黄色雨衣的海洋一蹦一跳登上桥。海洋真是漂亮呀。台风兴奋地在脑海里回想准备要讲给海洋听的趣闻。海洋肯定会开心得直拍手吧？她大概会取消这次不可能成功的水獭探秘行动，然后去探索新的主题吧？

“嗨，台风。”

“嗨！海洋。你觉得这场雨怎么样？你觉得这是真的雨吗？”

听到台风突然提问，海洋有点儿愣住了。接着，台风就一脸意味深长地继续说了下去：“就是那些轰隆隆的雷声响完之后才下的雨。天气预报一次都没有准确地预报过，你说这种雨到底是真的呢，还是假的呢？”

“肯定是真的雨呀。难道世界上还有假的雨吗？再说了，天气预报偶尔失误不是很正常的吗？”

“不是这样的，这是我从一个值得信赖的百事通那里听来的。他说今年春天天气预报总出错，是因为这种雨是假的，是人工降雨。”

海洋惊讶得瞪大了眼睛。台风压低了声音，像是准备泄露顶级机密似的继续说道：“据说这种假雨是通过往云里撒碘化银之类的降雨剂形成的。听说人工降雨能减少大气里的细颗粒物，对吧？我还听说，现在已经可以制造人工台风了……总之，韩国现在也在尝试人工降雨，其中一个实验区域就是我们秀丽市。”

“不会吧？”海洋不可思议地用力摇了摇头。

有点儿郁闷的台风更积极地解释下去：“是真的。真的有人说秀丽市正在试验人工降雨。今年春天每到雾霾天

不是就会下雨吗？就是为了防治雾霾才以人工降雨为对策的。所以嘛，我们环保大赛的主题不如换成这个吧？换成我们去探索是谁、为什么秘密地做这些事情。我们可以研究一下人工降雨之类的环境工程技术到底能不能保护环境，有没有可能破坏环境。这个主题是不是很积极向上、很科学，又很适合我们呢？对吧？”

台风满怀着海洋一定会觉得自己很聪明的想法，十分自豪地说完了。其实，台风为了更帅气地讲解好人工降雨，昨天晚上一直在学习人工降雨相关的书和在网上找的资料。一想到终于能被海洋称赞了，内心就止不住地兴奋。

“这样啊。我其实不太……”海洋摇了摇头。

台风感到十分惊讶。看来海洋还没有理解我讲的内容呢，台风心想，然后又慢慢地解释起来："嗯，你好好听我讲解。我一直在说'人工降雨'，听起来有点儿难懂吧？人工降雨通常是在电闪雷鸣之后才下的。不是任何时候都能人工降雨的，要等有足够多的云，然后往云里播撒降雨剂才能下雨。所以更准确地来说呢，不应该叫'人工降雨'，应该叫'人工增雨'。因为必须有充满水分的云，才能制造雨出来。还是觉得很难懂吗？不久之前下了一场大雨，把下面那条路给淹没了。春天里下那么大的雨，在秀丽市的历史里可是第一次呢。总之呢，我们如果可以像科学侦查队一样揭开秘密，不是会很好玩儿吗？如果要找黑客帮忙的话，我可以拜托我的哥哥帮忙哟。"

台风一口气说完这些话后再次合拢双掌，眼巴巴地等待着海洋的夸赞。他希望海洋能够把他看作一个聪明的男生，而不是捣蛋鬼。然而，海洋的回答听起来有些冷漠。

"我觉得不怎么样。再说了，黑客行为是违法的。你想都别想。环境工程师是保护环境，并且利用环境来开发能够帮助人类的技术的人。如果有人进行了人工降雨，肯定是为了帮助大家。实际上这些雨不也清洗掉了细颗粒物，做了件好事吗。”

“我也没说什么呀。其实也有我们以为是好的，后来才发现也有坏处的技术。这不是很常见的吗？在环境领域更是常见。比如说，人们建了座大坝，既能够发电，又能防止洪灾，以为百利而无一害，结果几十年后发现大坝破坏了生态系统，引发了更严重的问题。”因为等不到夸赞而变得失望的台风小声嘟囔了起来。

海洋的表情也不再像平日那样亲切，变得僵硬起来。“科学家们在做实验的时候肯定会有失误的嘛。但他们的出发点也不是坏的，不是吗？”

“就算出发点是好的，得出来的结果是坏的话就有问题了呀。”

这时，不知道什么时候登上桥的东海站到了两人之间。

“你们俩吵架了？怎么了？”

台风马上向东海告状说：“我们不该选水獭。现在我们别说赢奖金了，就连个像样的报告都没法写出来。所以我提议换主题，但海洋不同意。我的百事通告诉我，秀丽市正在秘密进行人工降雨，就是在雾霾严重的时候进行降雨。于是我提议我们去打探打探是谁出于什么样的意图进行人工降雨。就是我们一起对环境和技术进行思考的意思。”

台风相信东海一定会站在自己这一边，但东海并没有站在他俩的任何一边。他严肃地朝两人招了招手，示意他们跟上来。

“如果决定了要换参赛主题，我有一个好主意。跟我来吧。”

东海跨过垫脚石桥，让他们瞧了瞧河岸边可怕的景象。又有一群鱼死在那里了。比上次要多得多的死鱼露出惨白的肚皮，漂浮在水面上。

“太过分了。”海洋捂住嘴尖叫了一声。

“竟然又发生了这样的事情！”台风的脸皱成了一团。

“没错。我们要揭发的环境问题就是这个——到底是谁杀死了海因河里的鱼？”

团结一心的孩子们用力地点了点头。海洋倒掉自己水壶里的水，然后往里面装上河水。

“谁有塑料袋？我要装一条鱼带走。”

“我有手绢，你要吗？不过你要把死鱼带去哪里呀？”东海拿出手绢递给海洋问道。

海洋默默地拿起一根树枝把一条死鱼拨到岸边，然后仔细用手绢包好。往家走回去的孩子们心情都十分沉重。

绿色发电站的老板每当有空时，就会在电视节目上四处宣传绿色发电站是多么必要，生产出来的电力是多么清洁的能源。这是因为每当秀丽市出现环境问题时就会有人主张关掉绿色发电站。

“对，肯定是了。”东海仔细观察着电视里出现的绿色发电站老板的头发自言自语道。东海和台风在打赌这个老板的厚厚的刘海是不是假发。

“肯定是假发！不过我们又不能摘掉它，怎么才能确认真假呢？”

画面中的老板热情地介绍环保绿色发电站是一所多么爱护环境的发电站，东海则一直盯着他脑袋。

“环保绿色发电站为秀丽市提供洁净的电力。而且价格十分低廉。当然，我们在以前也曾燃烧昂贵的煤炭发电。那时站里会排出废气，而且说实话，废气里也会有黑色的粉尘。但这些都是以前的事情了。如今环保绿色发电站的烟囱里排出的烟是十分干净的，不含任何重金属和细颗粒物。我们安装了最先进的净化设备，虽然自从我们采用清洁能源天然气作为燃料后，也不怎么需要净化了。各位市民可以放心地、痛快地呼吸干净空气了！”绿色发电站的老板一边擦拭着额头冒出的汗，一边激情地演讲着。

站在一旁点头的主持人发问道：“但为什么秀丽市的空气质量在渐渐变差呢？”

老板像是受了十分大的委屈似的，生气地大叫起来：“这个问题为什么要问我呢？政府要尽快出台对策呀。”

老板甚至对着镜头激动地指指点点：“也请市民们减少搭乘燃烧汽油的私家车吧！汽车尾气会带来雾霾。尾气和阳光混合在一起会产生细颗粒物。主持人您今天也是坐汽车来的吧？请您以后走路上下班吧。开发电动汽车、氢能汽车，开发净水和净化技术，开发重复利用资源的技术，寻找环保方案，做这些有什么用呢？反正人们还是会继续

制造污染的。如果渴望过上十分便利的生活的话，做什么也没用！地球就是得有些小毛病，才能生存下去！”

东海看着激动的老板，不禁好奇：在拿不出对策的政府和经常乘坐排出污染尾气的汽车的市民中，谁的过错更大呢？

今天是探秘小队寻找造成鱼群死亡的坏人的第一天。孩子们决定逆着海因河流淌的方向往上走，寻找污染的源头。其实孩子们并不是一定要做这件事情的，因为市政府在海洋保存的水样和死鱼里发现了污染物质，已经开启了环境调查了。

“我们要比大人们先找到坏人才行。只有这样，我们才能拿到100万韩元。”台风说。

孩子们不过是因为台风实在太固执了才继续下去。当然，东海和海洋也认为既然已经参赛了，还是要有始有终的。而且，他们也还是想拿奖金的。

东海到达阳光公园后发现台风和海洋已经在那里等着了。台风望着灰蒙蒙的天空嘟囔起来：“今天的雾霾也好严重呀，看样子好像也会下雨。不管是真雨还是假雨，总之不要下就好了，我可不想我的宝贝无人机被淋湿。”

为了今天的调查，台风拿来了他的无人机。

“好酷呀，我们好像真的科学侦查队。”

听到海洋的夸赞，台风又开始吹起了牛皮：“21世纪的环境探测队可不就是得至少用上这种尖端技术吗？我们又不是怪盗鲁邦，不需要叼着烟斗，戴着贝雷帽，辛苦地四处找证据。”

“没错。不过鲁邦不是盗贼吗？你是不是想说福尔摩斯呀？”

被海洋指出错误的台风唰的一下脸红了。台风赶紧操纵无人机升起来，转移了话题。“总之，我的意思是我们不用跑得全身酸痛啦。我们先用无人机来看看海因河的上游吧，那儿可能藏着污染源。”

台风打开手机上的无人机程序，在上面输入需要调查的范围和飞行高度。才刚按下出发键，闪着银光的无人机即刻轻盈地升上天空，手机上也马上出现了清晰的视频画面：一直延伸到河边的散步小道、河对岸的稻田和农田、塑料大棚、农舍、牲口棚、马路……

“让它离河岸近一些。”

根据东海的指示，台风操纵着无人机沿着河水飞行。突然，东海大叫了一声：“停一下。那个是什么东西？”

“好像是学校？是不是我们学校呀？”

好像是一所学校，里面有一幢三层的楼房和一个仓库，还有一个操场，但是却看不到学生的身影。操场上只有整齐停放的小汽车和卡车。

“能让无人机飞过去看看是什么建筑吗？”

听到东海这么说，海洋却摇了摇头。“那里一看就是学校，没必要再去确认了吧？学校里能有什么可以污染河

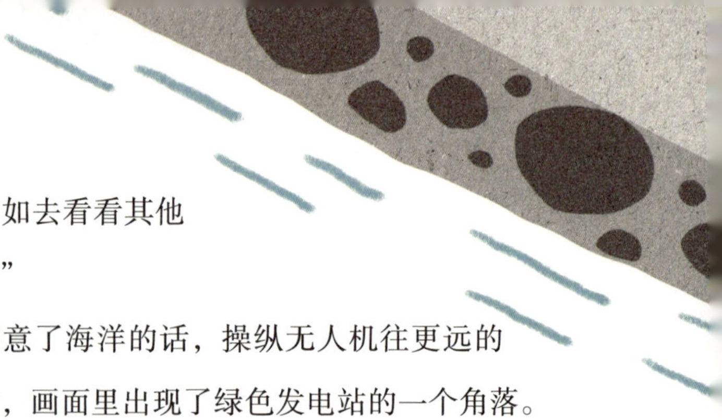

水的东西呢。不如去看看其他
地方吧。好吗？”

台风像是同意了海洋的话，操纵无人机往更远的地方飞去。这时，画面里出现了绿色发电站的一个角落。

“已经飞到尽头了。还想再飞远一些的话，我们得再往前走走。”

台风操纵无人机回到原地着陆。在台风收拾无人机的时候，东海和海洋决定对海因河的污染源进行一个假设。他们打算先假设某个设施是污染源之后再去调查，如果没有发现值得怀疑的东西，就再进行另外的假设。这是他们在学校里学来的科学探索的方法。

“会不会是农户突然间加大了农药的用量呢？我记得

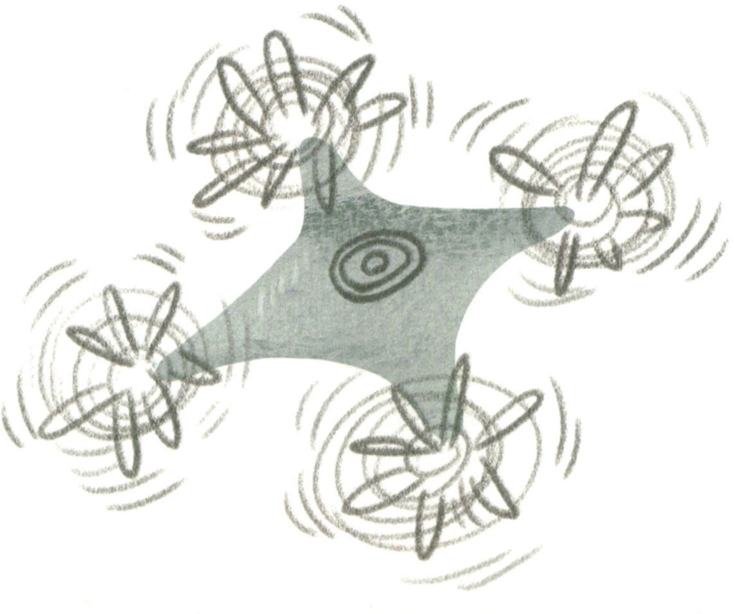

上游那边的塑料大棚全都是
种植草莓的……”

海洋话音刚落，东海便摇了摇头。

“那些都是不打农药的有机草莓。秀丽有机草莓可是驰名商标。”

“刚刚还看到有牲口棚，对吧？你说鱼会不会是吃了猪的粪便之后死掉的呀？”台风怀疑是牲口棚的问题。

但东海又摇头了。“那些好像是废弃了的牲口棚吧？我们再看一遍录像，看看里面有没有牲口。”

重新播放录像后，他们发现原来牲口棚里真的什么也没有。看来牲口棚也不是罪魁祸首。东海一直看完整个录像，在那个神秘的学校出现的画面按下暂停键。虽然说不上来理由，但就是觉得这里十分奇怪。

但海洋的直觉却和东海的完全相反：“这里怎么看应该都只是所学校。去那里看能有什么收获？”

“如果是废弃了的学校，那说不定它现在有别的用途了。难道你们不好奇里面都有些什么吗？”

东海和海洋的意见出现了分歧，这时就需要担任队长的台风来做决定了。台风仔细地看了看那所学校的录像。

“好像有人住在里面。大楼看起来很干净，而且还有两辆车停在那里。咦？那个该不会是飞机吧？海洋，你来看看。那个是飞机的尾翼吧？还有私人飞机，住在那里的

人肯定很有钱吧？你再仔细看看。是不是有个像泳池一样的东西？”台风兴奋地指着仓库附近。

“嗯，我也不太清楚。反正那里不会是污染源，我们也没必要管它，不是吗？”海洋依旧对学校完全不感兴趣。

“可谁也不知道里面到底在做些什么。”东海也依旧十分怀疑这所学校。

台风的内心其实有一点儿偏向东海的观点，但他又十分在意海洋的心思，所以什么话也没说。最后，海洋终于选了其他地方。

“不如我们去调查绿色发电站，怎么样？上游附近能成为污染源的不就只有发电站嘛。”

“但那不是一所环保发电站吗？今天早上我还看见发电站老板在电视上说自己家企业站在环保事业的最前沿。啊对了，台风。那个老板绝对是个光头。”

台风听完，一下子冒起火来。因为打赌输了的人要给赢了的人买汉堡包，而他还要当一年的穷光蛋。

“才不是，我觉得那就是他的头发。”

听着两人没头没脑地争论着老板是不是光头，海洋深深地叹了口气。

“喂，我们现在可是在找杀死鱼的凶手呢。明明有尸体但一个嫌疑人都没有，在这样严肃的时候，你俩都在吵些什么呢？”

虽然海洋看起来有点儿太激动了，但她没说错。台风更加确定海洋很喜欢阅读推理小说，不对，是比它更恐怖的犯罪小说。台风越来越喜欢海洋了。孩子们陷入了思考。而后，东海率先开口了：“也有可能是有人把污染物质带来，然后往河里倾倒。发生鱼群死亡的那天，我看到一个穿着黑色雨衣的人。”

“真的？”

“那个人肯定就是凶手。是男人还是女人？长什么样的？你怎么现在才告诉我们呀！”台风着急地催促道。

但东海十分冷静：“我没有找到证据。而且也看不到他的脸。但那个人个子挺大的，很有可能是男的。不过也有体格大的女人。”

“我们把有嫌疑的地方全都仔细调查一遍吧。也找找那个穿黑雨衣的人，也去那所学校看看。”

“哎哟，去那所学校做什么？我猜大概是有人在那里开了营地而已。”

台风十分兴奋，但海洋不知道为什么总是不想去那所学校。这时，海洋的手机响了起来。

“怎么办？我妈妈让我买个东西然后回家。不如今天就到此为止，都回家吧。你们可不能背着我去别的地方调查哟。知道了吗？”海洋直直地看着东海和台风的眼睛，认真地说道。

防止水污染的环境工程学

鱼群死亡事件发生的原因是什么呢？

造成鱼群死亡的原因是水污染。水污染是由工业废水、农药、牲口粪便、生活污水等流入水中造成的。虽然近年来韩国因为有着严格的防治环境污染的规定，很少会有乱排废水的现象发生，但也有不小心排放出污染物的例子。

在炎热的夏天里，随着对河水、湖水有害的植物性浮游生物的数量急剧增长，河里会出现水华现象，而大海则会出现赤潮现象。这时，河水和海水会因为氧气含量不足而使水里的鱼缺氧窒息而死。

除此之外，震动和噪声等污染也会造成鱼群死亡。实际上，也有过夜以继日运营的高速公路和铁路工程的震动和噪声造成鱼群死亡的例子。

生活污水应该怎么处理呢？

生活污水里含有有机物、营养物质、致病微生物等物质，所以不能直接排放到河里，而是应该在生活污水处理中心把污水处理干净后再排放入河中。

最常见的生活污水处理方法便是活性污泥法。首先，把污水里的树枝以及较大的垃圾过滤掉，然后向其中充入空气，使污水中的微生物群在有氧条件下培养形成活性污泥。之后，再利用活性污泥的吸附、氧化、分解和沉淀等作用，去除废水中的有机污染物，使之得到净化，净化之后便可以排入江河或大海里了。活性污泥分解有机物质的过程中产生的沼气可以用作燃料。所有流程都完成后，最后剩下来的污泥则可以埋入地里、焚烧或用作肥料。

第4章

废弃学校的秘密

还没等海洋的背影完全消失在视线里，东海和台风相互望向对方，嘻嘻地小声笑了起来。

“要不要去看看？”

“当然要。”

两人像是约定好了似的，朝着海因河的上游走去。目的地当然就是那所来路不明的学校。两人沿着河岸边的一条羊肠小道走向学校。虽然一路上没有任何路牌，但从交错在一起的汽车和自行车轮胎印看来，肯定有人在这里来来往往。

终于，学校出现在两人的视野里。校门的一侧墙上挂着一个写着“青青小学”的旧牌子。另一侧的墙上则挂着一个写着“小流星环境工”的牌子，似乎是学校废弃后挂上去的，但上面的字已经掉了一些，应该有段时间了。

“不见了的字是不是‘厂’字呢？小流星环境工厂。会不会是这家工厂排放了污水呢？”

东海摇了摇头，并不同意台风的推测：“看起来不像工厂……”

“那是什么？工业区？工作室？工地？还是工人俱乐部？”

“进去瞧瞧就知道了。”

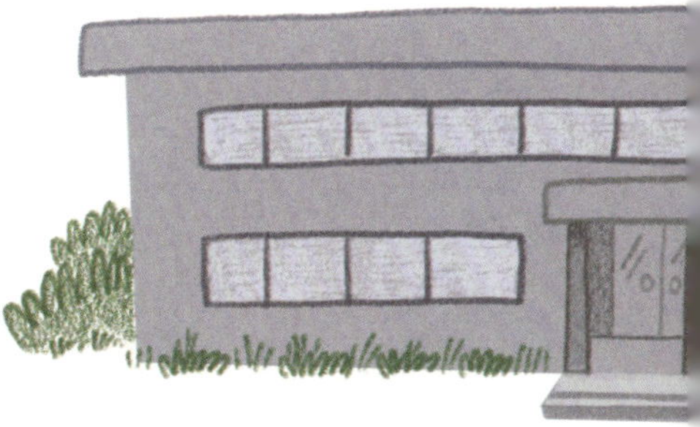

东海望着校门旁的两个监控摄像头，有些犹豫。要是翻墙进去的话说不定会被保安赶出来。但是既然都来到这里了，也不甘心就这么回去。东海严肃地盯着校门和围墙。台风却像一只淘气的小狗似的在墙边来回翻找。过了好一会儿，在墙边徘徊的台风终于大叫起来：

“在这儿！这里有一个狗洞。”

原来杂草丛生的墙根处有一个小小的狗洞。狗洞的大小刚好够一个体格娇小的孩子穿过。

“我爸爸说过以前的老学校都有狗洞。”

台风率先钻了过去，紧随其后的东海也从狗洞钻进了学校。

学校里面很普通。大楼重新粉刷过，看起来崭新洁净。而坐落在角落的小建筑像是仓库，外表还是十分破旧。操场长满了杂草，有许多雨水形成的水洼。四处都看不到一个人影。

“这里该不会有狗吧？比如说看门狗之类的。”

台风害怕从哪儿会跳出来一只流着口水的可怕的黑色猎犬，一时间有些紧张。还好并没有狗跑出来。两人朝大楼走去，这一次轮到东海走在前面，台风跟在后面了。然而大楼的大门紧紧地关着。

台风抬起手指向仓库：“那后面有一架直升机。”

两人轻手轻脚地朝仓库走去。破旧的仓库后面真的停了一架小型直升机。

“哇！这可是非常贵的直升机呀。它不需要滑行就能起飞。看来这里是有钱人的机库。”台风悄声说道。

东海也点了点头。虽然不知道这是个什么地方，但这里不像是能污染河水的地方。也有可能河水被倾倒了直升机燃料。不过就算再怎么有钱，也不会随便倾倒昂贵的直升机燃料吧。

这时，只见一个看起来像是飞行员的叔叔从直升机上下来了。以为学校里没人的孩子们吓了一跳，瞬间紧张起来。台风差点儿就要叫出声来，用手捂住自己嘴巴才好不容易忍住了。不一会儿，刚才那栋大楼走出来一个穿着白大褂的阿姨。两人走近后聊了好一阵子。东海和台风躲在大楼的一侧，竖起了耳朵。

飞行员指着乌云开口道："夏天快要到了，所以还要再飞高一些。冬天飞到三千米左右就够了，现在得要五千米了，说不定还要飞到八千米那么高。反正今天不用播撒降雨剂，我飞上去拍些照片就回来。不过我有点儿担心，因为上次……"

听到"降雨剂"三个字，台风和东海的眼睛马上亮了起来，相互点了点头。接着，那位阿姨也开口了："上次的事不是机长您的错。我们也没有料到北边的云会下那么多的雨。您别太担心了。我们计划下次减少碘化银的量。减到最小量的话就不用担心会引发洪灾了。如今也快要结束了，再辛苦您几天。如果以后还要进行人工降雨，从下

一次起应该可以用无人机来操作了。下一周就会有载重达700千克、飞行高度达10千米的无人机运过来了。”

“那太好了。比起火箭或是飞机，无人机自然是最好的。不管怎样，我还是先飞上去看看。尹所长，你也辛苦了！”

飞行员重新登上了直升机。紧接着，直升机卷起一阵风沙，升上了半空。东海和台风紧闭双眼，还用手紧紧捂住嘴巴和鼻子。如果不小心发出声响被发现了，那可就完蛋了。但两人最后还是忍不住打了个喷嚏。

“谁在那儿？锤锤，不许哟。”

阿姨尖锐的嗓音传来的同时，一条驴子般巨大的狗狂吠着出现了。台风和东海不约而同地跑了起来。汪，汪汪！狗吠声越来越近了。

“我们现在是冲去大门还是狗洞那里啊？去哪一边被狗咬的概率会低一些？”

“啊——”

吓破了胆的台风发出怪异的惨叫声，突然啪的一下摔倒了。大黑狗在台风旁边坐了下来，口水滴答滴答地流了出来。跌倒在地的台风扭着屁股往后挪。然而，台风每向后挪一点儿，黑狗就往前走近一步。只要他向后挪，它就跟着往前走。黑狗歪了歪脑袋。台风实在是太害怕了，最后被吓得尿了裤子。

在台风被狗戏耍的时候，东海在想，要不要自己先逃走，这样的话自己便得救了。但这样也会失去从四岁起就一起玩耍的好朋友！东海深吸一口气，走向了台风。大黑狗盯着走过来的东海，不住地流口水。

“喂，大黑狗！放开我的朋友！”东海鼓起勇气大喊道。

然而，黑狗见状，一下子把东海扑倒了。东海一下子跌倒在地上。黑狗用滴着口水的大舌头不停地舔着东海

的脸。

这黑狗该不会是想和我玩吧？

这么想着，东海看了看和自己的脸一般大的黑狗的脑袋，用力地推开它。

“锤锤，不许！别这样，快停下来！”

阿姨跑了过来，用拖鞋拍了拍黑狗的屁股。黑狗这时才从东海身上下来，呼哧呼哧地喘着气。东海不知道这只狗到底是想和自己玩呢，还是想咬他。

“锤锤，坐下！”阿姨命令黑狗道，然后把东海扶了起来。

“对不起呀，孩子。这狗一看到小朋友就高兴得控制不住自己。它其实受过很多训练的，但还是一看见小朋友就这样。你没事吧？有没有受伤？”

“我没事。不过阿姨您是谁呀？”

“这个问题该由我来问你们吧？你们到底是谁？怎么跑我们研究所来了。这里可是禁止外部人员出入的。”

阿姨的白大褂上有“尹星博士”几个字。东海先鞠躬打了个招呼，然后开始胡编起来。

“阿姨，对不起。我们是小学生。因为看到那里有个狗洞，所以就钻进来探险了。”

“知道啦。你们探险完了吗？”

“没有。是我们不对。”

“你们先进来吧。你的小伙伴应该被吓得很厉害，小脸都变白了。我也有点儿手忙脚乱。”

阿姨扶起吓得魂飞魄散的台风，走进大楼。台风咕咚咕咚地喝下两大杯凉水才勉强回过神来。

“博士阿姨，这里是研究什么的呀？”

“这里是小流星环境工程学研究所。我叫尹星，是这里的所长。我们在这里研究开发能够不破坏环境，同时又能让人们更好地利用环境的科学技术。”

“噢。不过，博士阿姨您是坏科学家吗？”台风没头没脑儿地问了一句。

尹星博士不知道是不是被吓到了，瞪圆了眼。

“我不是啊，为什么这么问？”

“我们刚刚都听到了。您不是说要制造人工雨吗？就是因为人工降雨才引起了洪灾。悄悄进行人工降雨很坏，引发洪灾就更坏了。”

“啊这个，对不起啦。因为这是保密的研究项目，所以不能给你们详细解释，但我们没有在做不好的研究。环境工程学是拯救地球的科学。人工降雨不也冲洗掉了细颗粒物，对清洁大气做出了贡献吗？”

“任由自然自己发展才是最好的。一旦被人类干涉，大自然就会变得越来越糟糕。从古至今不都是这样吗？”东海把他平日里的想法说了出来。

尹星博士不禁微笑起来。

“你们真是聪明的孩子。你们似乎十分关心环境呢。我是环境工程师，所以在用科学技术来解决环境问题。也就是说，我们在尽量不破坏自然的前提下，使自然为人类所利用，也尽量恢复被污染的自然环境。但是，到底是利用科技最大限度地开发自然更好，还是保持自然的原貌更好，这两种说法没有完全的对错之分。我非常尊重你们的想法。”

这时，门猛地被打开了。东海和台风齐齐看向被推开的门。

“妈妈，锤锤自己在操场那里……”

牵着呼哧喘气的黑狗进来的人正是海洋。

有那么一小会儿，尹星博士研究室里的时间仿佛静止了。东海和台风望向海洋，海洋则避开朋友们的眼光，看向了自己的妈妈。尹星博士骨碌碌地转了转眼球，来回看了看三个孩子。只有锤锤在欢快地喘着粗气。台风最先回过神来，开口问道：“海洋，这是你家？”

“嗯。”

“天哪！你为什么没告诉我们？”

“对不起。”

海洋只好向感觉遭到背叛的台风和东海解释了起来。原来小流星环境工程研究所是受秀丽市的邀请来进行改善大气环境的研究的。

“对不起。我担心你们知道了这里是我妈妈的研究所和我妈妈是研究员之后，会太过好奇。如果因为这样而泄露了秘密项目就不好了。所以我才没告诉你们。”

台风马上接受了她的说法，海洋保密肯定是有她的原因的。但东海却无法理解。

“博士阿姨，您说你们是环境研究所，但为什么要保

密呢？”

“这是因为有间谍想要悄悄偷走我们的环境工程技术。如果坏人偷走这些技术，再把它们用在不好的地方，我们会遭受更大的损失。坏人也有可能自己先去申请专利，再以高价卖回给我们。”

“就算这样……”东海的表情依旧有一丝不满。

“更可怕的是，还会有人想要绑架环境工程学家。所以我妈妈的研究所才没有公开。”海洋插进话来。

“你是说绑架吗？”台风害怕地抖了抖。他以为科学家平时只需要做做研究就行了，没想到这个受人尊敬的职业还有这样凶险的一面。

“反正研究所从来没有往海因河排放过污染物。”

“我了解了，尹博士。不过，我还是希望你们不要再进行人工降雨了。虽然不太清楚是不是马上能清洁空气，但长远来看，我们也不知道这会给自然带来什么样的影响，不是吗？”

“知道了，我会记住你的建议的。人工降雨只是大气污染严重时的一种紧急对策，不能频繁使用。”

东海和台风该回家了。海洋把两人送到研究所门口，又向他们道歉："总之对不起啦。才刚成为朋友我就有了自己的小秘密。"

虽然努力想要装作没关系，但气氛还是有些尴尬。为了结束尴尬，台风赶紧欢快地问了一句："你妈妈是不是环保大赛的评委呀？"

"嗯嗯，她和我说过。"

"她该不会因为你在我们队里就不给我们评奖吧？因为害怕被人怀疑不够公正。"

"我妈妈是非常公正的人。她肯定会把奖颁给做得最好的项目啦。"

"太棒了！不过你去拜托一下她，让她也不要那么公正。就是让她使劲推我们一把，朝着 100 万韩元前进！"台风攥紧了拳头。

但东海觉得，这 100 万韩元已经泡汤了，因为这份奖金而团结在一起的三个小火枪手也快要解体了。

解决大气污染的环境工程学

人工降雨能解决大气污染吗?

消除大气污染的最好的办法便是防止它的发生。已经造成的大气污染除了用雨水清洗干净，或者用风吹走以外，没有其他的解决办法。所以科学家一直在研究怎么用人工降雨解决大气污染，而韩国也在试验用人工降雨作为缓解雾霾的对策。

人工降雨是通过火箭或者飞机往水分充足的云层中投放碘化银来完成的。水蒸气遇到碘化银会变成大雨滴，最后形成降雨。

在美国，有一个研究所正在开发一种可以取代火箭和飞机装载碘化银的无人机。用无人机来进行操作的话，不仅可以精准又经济地播撒降雨剂，还能使人工降雨更加简便。

然而，人工降雨虽然可以作为消除细颗粒物的紧急措施，但并不能从根本上解决问题。而随意操控气候可能会带来新的环境问题。

户外空气净化器能解决大气污染吗？

雾霾净化塔是由荷兰艺术家丹 · 罗斯加德和荷兰代尔夫特理工大学研究员鲍勃 · 乌尔瑟姆教授共同设计的户外空气净化器。它的外观看起来就像一栋七米高的大楼，里面装有可以制造静电的线圈，来把雾霾粉尘吸进去。这台空气净化器每小时可以净化三万立方米的空气。

科学家们也在研究利用雨水的户外空气净化器。也就是说，通过类似喷雾的方式从屋顶向下喷水，来洗刷掉细颗粒物。因为是循环利用雨水的设计，所以也十分环保。

但是这些方法都不能从根本上解决空气污染，最多只能让装了雾霾净化塔的广场的空气变干净一些。但是，如果我们坚持用科学技术继续进行新的尝试，一定能找到保护环境的好办法。

第5章

笼罩台风和东海的危机

环保大赛的报名截止日期越来越近了。周六，东海从早上开始便坐在电脑前不停叹气。

题目：揭开海因河鱼群死亡事件的真相

“真相？我们找到什么真相了吗？到现在还什么都不知道呢。要不我跟大家提议在报告里强调我们尝试过去找真相，然后再参考一下市政府的环境调查结果？”

虽然台风之前拍胸脯承诺由他来写报告，但东海还是不相信他。他肯定会在最后一刻撒娇让东海和他一起写的。所以东海才觉得至少自己要先写好基本的框架才行。再说，也许在整理报告资料的时候能发现一些关于嫌疑人的线索。虽然对台风而言，他最渴望的是 100 万韩元的奖金，但对东海而言，想办法让鱼群不再死亡则重要得多。

轰隆隆，轰隆隆。一大早便响个不停的天空终于在几声雷响后下起了雨。一眼便能看出来降落的是直径较粗的大雨滴。这个大小刚好可以洗刷掉细颗粒物。

“这应该是真的雨吧？”

看着半空中落下来的雨的时候，居然要思考这到底是真雨还是假雨！东海不禁有点儿郁闷。

“这么看来，每当下雨的时候鱼就会死去，该不会今天也……”

东海想去河岸看看。本来想给台风打个电话，但又放弃了。他更不想叫海洋出来。虽然三个人一起也没做什么坏事，但不知道为什么，东海一想起台风和海洋就有点儿不开心。

雨滴渐渐变大了，还呼呼地刮起了大风，仿佛提前迎来了梅雨季。

“这样下去，死鱼都该漂走了。”东海呆呆地望着窗外自言自语道。

“东海，你在干吗？小孩子怎么那么喜欢看雨呢？是有什么心事吗？”

东海没心情回应妈妈。

大雨下了整整一天，到周日还在下着。一直到周日傍晚，雨才终于停了。东海像一只急着排便的小狗似的在窗前走来走去，终于在雨停了之后冲出屋外，不管三七二十一径直向海因河跑去。

河水涨了很多，把阳光公园也淹没了一些。垫脚石桥完全被水没过，一点儿痕迹也没露出来。东海登上了瞭望桥。阳光公园一侧的河岸漂浮着各种塑料袋和垃圾，而对岸……

“看不太清楚呀，该不会又有鱼群死亡了吧？”

东海眯起眼睛，仔仔细细地观察起来。这时，河水上游闪过一个黑影。

该不会又是上次那个奇怪的男人吧？

这么想着，东海不禁起了一身鸡皮疙瘩。

要不要追上去看看呢？但如果他是坏人的话该怎么办？早知道至少把台风给叫来了。就这么回去吗？但我怎能就这样走掉呢？

东海从瞭望桥上走下来，小心翼翼地走过萝卜桥，朝着黑影走去。他决定，只要一看清楚黑影人的正脸就马上离开。东海做好心理准备后，脚下的步伐便越发有力了。虽然想要减轻脚步声，但再怎么小心，走在泥土地上还是会发出啪嗒啪嗒的声音。东海把身子隐藏在茂盛的草丛中。就在这时，那个黑影突然噌地站了起来。东海吓了一跳，一下子差点儿没喘过气来。

“南东海！你吓死我了！”穿着黑色雨衣的人摘下帽子后说道。

原来是台风。

“喂，你干吗穿着黑色的雨衣来这里呀？”东海努力让被吓到的心冷静下来，好不容易吐出一句话来。

“便利店里只有黑色的雨衣。看来最近流行黑色的雨衣了。”

东海看到的那个可疑的黑影，难道也只是在便利店买了黑色雨衣的普通人吗？

“现在雨衣并不重要。你来看看这个。”

台风往旁边一站，露出了满是泥水的河水。那里漂浮着几十条死鱼，都露出了惨白惨白的肚皮。被草丛拦住的鱼群的尸体让人不忍直视。

“是不是有点儿想吐？”

台风往后退了一步，而东海走上前一步。

“到底是谁不断干这样的事情呢？”

“不管是谁，我们一起把他抓住吧。实在忍不下去了。”

台风气极了，狠狠地跺了跺脚。结果失去了平衡，一只脚踩进了河水里。

“啊！”

惊慌失措的台风慌张地想要把脚拔出来，结果整个人都栽到了水中。死鱼漂到台风的身旁。虽然鱼是被水流卷到自己身上的，但台风还是觉得那些鱼像是僵尸一样在啃自己的肉，真是太瘆人了。

“啊呀呀，一边儿去呀。快救救我。快把我拉上来。”

台风慌张地挥舞着手臂，大吵大闹，但突然间又一动不动了。

“台风！你没事吧？你可不能死呀！”

幸好台风马上睁开了眼睛。

“我以为装死的话这些死鱼就会四散开去。”

东海猛地抱住他这个在死鱼尸体旁边都能开玩笑的淘气朋友的脑袋。

“喂，我刚刚以为你死了呢。”东海甚至有点儿眼泪汪汪。

“我没事。别人都说我会长命百岁。”

台风扑哧笑出声来，刚想要站起身，却忍不住大声惨

叫起来，坐着无法动弹。

“哎哟，应该是刚刚闹着玩儿的时候不小心扭到了脚脖子了。今天真是倒霉！”

“你赶紧出来吧。我扶着你。一块儿回家吧。”

东海扶起台风让他坐在河边。这时，一个穿着白色雨衣的大叔急急忙忙地跑到岸边。

“孩子，你们在那里做什么呢？赶紧上来！”大叔在空中指手画脚，怒气冲冲地喊道。似乎是在担心孩子们会遇到危险。

“叔叔，我朋友受伤了。”

东海指了指在泥泞的土地上坐着的受伤了的台风。这时，大叔的眼神才缓和下来。

“受伤了？怎么回事？”

“您瞧这里。这里有一群鱼死掉了。我们刚刚在调查是不是有人在这里倾倒了污水，然后我的朋友就扭伤了脚。”

“什么？污水？不不，你说谁受伤了？差点儿出大事了。前面就是我的办公室了，我们先去那里吧。他全身都湿透了，这样下去该感冒了。我等会儿开车送你们去医院。”

大叔毫不犹豫地把手里握着的雨伞扔到一旁，把台风

背到自己背上。尽管台风说了好几次自己没事，但大叔还是坚持把他背起来。

“哎哟，小朋友你吃了不少饭嘛。哎哟喂，真是重呀。孩子，你帮我托着这家伙的屁股。”

无可奈何的东海只好跟在大叔身后，用双手支撑着台风的屁股。

“您把我放下来也没关系的……现在这样感觉又痒又奇怪……”台风觉得又羞又丢脸，不住地扭着屁股。

“东海，你帮我给我妈妈打个电话吧。虽然免不了要被狠狠训一顿，但也没办法了。”

东海伸手在台风的口袋里翻找，但里面并没有手机。“是不是刚刚掉进河里的时候掉出去了？要不我回去帮你捡回来吧。”

听到东海这么说，大叔马上开口了：“那么危险你还要往那里跑？待会儿我借我的手机给你们。现在是安全重要还是手机重要？我会叫人帮你们找的，别担心了。”

大叔说的就在附近的办公室，其实是离得很远的绿色发电站的后门保安室。大叔走进去后挥了挥手，里面穿着

制服的保安便走了出去。大叔把台风放在了长沙发上。

“叔叔，您是在这里工作吗？我想借您的电话用用。”

东海说完，大叔伸手掏了掏口袋想要找手机，却露出了慌张的表情。

“哎呀，我没有把手机带出来。嗯，没关系，你可以用这里的座机。”

大叔抓起保安室的座机听筒放在耳边，然后皱起了眉头：“等等，怎么连这个也坏掉了。”

大叔把听筒放下又拿起来，又捣鼓了一下电源线。但不知道是不是毫无作用，大叔缓缓地摇了摇头：“唉，什么破电话，怎么老是出问题。不行了。你们在这里等一会儿，我去把我的手机拿来给你们。冰箱里有饮料，你们可以拿来喝，厕所就在旁边。”

大叔亲切地对两人说完后便朝屋外走去，出去后又转身打开门，探头问道：“不过你们为什么要去河岸？是不是看到了什么？”

“我们正在调查鱼群死亡事件，打算参加环保大赛。本来想赶在警察之前找到真凶……到底那个悄悄往河里倒污水的人在哪里呀？叔叔，您有没有看到什么奇怪的人呀？”

“哎哟，这个我怎么知道。现在哪里还有排放污水的工厂了？排污可是大罪。一旦被发现，工厂立马就得关门，当然不能被发现有这样的行为了。不过你俩有没有和父母说你们来河边了？”

“那倒没有……”

东海第一次仔细地观察到大叔的样子。因为他还戴着防雨帽，所以一下子也认不出来，但东海觉得好像在哪里见过他。

“叔叔您问这个做什么？”东海直直地看着大叔问道。

“没什么。因为小孩子在那里很危险……总之，你们在这里等我。让你的朋友不要动，动的话会更疼的。厕所里面有毛巾，你们拿着擦擦身上的水……啊对，手机，我马上拿手机回来。也把车开过来。”

大叔着急忙慌地朝外走了。东海给台风喂了些水，帮他把浸湿的鞋子也脱了下来。

“你还好吧？”

“不好，很疼呢。我还以为是扭到了，看来是骨折。”

台风身上直冒冷汗，一动不动地躺在沙发上。东海也安安静静地坐着等大叔回来。然而过了十多分钟，大叔还是没有回来。

“他怎么还没回来呢？我出去看看。”

东海用力推了推保安室的门，但门纹丝不动。

“锁住了？为什么？”

东海又用力推了推门。门只发出了哐当的碰撞声，却没有打开。一定是从外面锁住了。慌张的东海推开保安室的小窗户。虽然窗户是推开了，但因为上面装着密密麻麻

救命啊！

的防盗栏杆，所以人没办法钻出去。东海和台风被困在了这个窄小的保安室里。看来如果不能从外面把门打开的话，是没办法出去了。

“开门呀！快开门！放我们出去！”东海推开窗户，然后大声地喊道。

但四周十分寂静。绿色发电站的后门离大路很远，所以平日里也几乎不会有人经过。

“我们真的被锁在这里了。为什么？这是哪里？那个大叔到底是谁呀？”

在台风一连串的发问下，东海这才想起来这个亲切的大叔到底是谁。如果大叔换上西装，摘下防雨帽，再把厚厚的刘海放上去的话……那个长得像乌龟的……

“我知道了，他是绿色发电站的老板。”

大叔就是电视上那个绿色发电站的老板。

“绿色发电站老板为什么要把我们锁起来呀？他又不认识我们。”台风问道。

东海也很想知道答案。

守护地球的清洁能源

世界上有没有不污染环境的能源呢？

我们所使用的煤炭和石油等燃料称作化石燃料。化石燃料虽然使用起来十分便利，但它们会污染环境，还会引发全球变暖等环境灾害。所以，科学家们正在寻找既不会给地球带来污染，又能够方便地、长久地使用的新能源。太阳能、风能、地热能等能源便是典型的清洁能源。科学家们也在积极研究把牲畜的排泄物或人类生活中产生的垃圾循环利用作为能源的方法。

太阳能

太阳能是继化石燃料后应用最广泛的能源。大家应该都看到过屋顶上四四方方、亮闪闪的板子吧？那个就是收集太阳能的太阳能板。通过它收集的能源可以用来烧水和供暖。

太阳能尤其适合日照强烈的地方使用。位于中东石油资源丰富的阿布扎比利用沙漠中火辣的阳光，建造了太阳能发电站。韩国于 1980 年在江华郡阿兹岛首次建造了太阳能发电站，但当时这所发电站仅能为不到 60 户人家提供电力。如今，韩国在日照充足的全罗南道和北道建了许多太阳能发电站，但比起整个国家的能源消耗量，依旧是远远不够的。

风能

风从古代开始便是吹动风车和船只的能源。现代，人们建造起利用风力发电的风力发电站。风力发电站适合建在高山、平原、岛屿、沙漠等多风的地方。韩国在济州岛和大关岭等地设立了风力发电站。

把风能转换为电能的风力发电场面积非常大，而风车的高度有些可达到 100 米。这是因为高度越高，获得的风力也会越大。

地热能

地热能是地球内部包含的热能。地热能发电主要利用的是深藏于地下的热水和热气，将其转变为电能。地热能主要分布在构造板块边缘地带。位于欧洲，经常有地震和火山活动发生的冰岛，便是广泛使用地热能的代表国家。

生物能源

生物能源是从甘蔗、玉米、藻类、厨余垃圾、牲畜排泄物等物质中获得的能源。从甘蔗和玉米里提取出来的乙醇可以用作汽车燃料。把牲畜的排泄物和厨余垃圾等混合在一起可以产生沼气，用作家庭烹饪或者供暖的能源。

氢燃料电池

我们可以用电把水分解成氢气和氧气。氢燃料电池就是反向利用这个原理，让氢气和氧气发生化学反应，产生电能。因为氢燃料电池不需要用发电设备就能利用氢气和氧气直接生产电能，所以用极少的原材料也能生产出大量的电能。氢燃料电池目前已经在汽车领域被广泛应用。氢能汽车的排气管不会排出黑烟，而是会流出清澈的水滴。

第6章

守护海因河的小英雄们

“雨停了。”海洋望着玻璃上挂满水珠的窗户自言自语道。周末两天下了好大一场雨。

“每次下雨的时候都会有鱼死掉……”

海洋的心情就和这天气一样，充满了阴郁。她想给朋友们打电话，哪怕只是聊聊天也好，但她却不能给东海，也不能给台风打电话。

是因为那场雨。周末下个不停的雨是真雨。尽管不是妈妈制造出来的人工雨，但海洋心里还是过意不去。如果没有下雨的话，她肯定会装作什么事也没有发生过，联系她的朋友们。本来还可以被台风的牛皮逗得哈哈大笑，但一场雨让计划都泡汤了。

锤锤不停地挠着房门。它表现得十分着急，不断闹腾着。

“喂，姐姐现在很伤心呢，你非要这个时候出门拉屁屁吗？”

尽管海洋深深地叹了口气，但还是走过去打开了房门。

“锤锤，你说东海和台风是不是去了河边呢？河水涨得厉害，那么危险，他们应该没去吧。”

“好奇的话就去看看呗。你在这里垂头丧气地待着，能改变些什么吗？”尹星博士代替锤锤回答道。

尹星博士担心海洋因为自己的工作而和小伙伴们疏远了，所以特别留意这件事。

“您说得对，我应该直接去找他们。”

海洋一下子站了起来，朝屋外走去。锤锤也屁颠儿屁颠儿地跟在她身后。

“对，锤锤你也一起去。如果气氛还是很尴尬的话，我就说我是来遛狗的。”

海洋跑向海因河的瞭望桥。桥上一个人影也没有。海洋朝下看了看染成土色的翻滚着的河水。

“他们今天果真没来，是吗？要不还是下去看看吧。”

海洋朝着发现过两次死亡鱼群的河边走去。她想，万一又发现了死亡的鱼群，一定得给东海打个电话。海洋突然一惊，仿佛她就是为了找借口给朋友打电话而希望鱼死掉似的。不对……这是不对的！

这时，锤锤汪汪地大声叫了起来。海洋不问缘由就教训起它来：“锤锤，你安静些。你本来就长得吓人，就算安安静静的，人们还是会怕你。你是预备军犬，连这个都不懂吗？你只能在主人被攻击的时候、敌人逃走的时候、发现尸体的时候才能叫。知道了吗？”

汪汪！锤锤再次叫了起来，然后跑走了。海洋使劲儿拉住锤锤的牵引绳，但锤锤更用力地把海洋拖向河岸。

“停下，锤锤。我说停下来！”

锤锤突然停住往后看了看，然后马上又更快地跑向河岸。被使劲拖到岸边的海洋终于在快要掉进水里的时候停了下来。在海洋红色的雨靴前面的，是一片在水面上漂浮着的露出惨白肚子的死鱼。

“锤锤，你是不是看到了死鱼才那么叫的呀？表扬你哟。”

海洋坐在河边，仔细观察起成群死亡的鱼。她低头望向水面，不知道是不是因为生气，顿时觉得头疼。

“肯定是有人一到下雨的时候就往河里倒污染物质。那些坏人！我还是先告诉妈妈吧……”

海洋望着研究所的方向，然后掏出了手机。

“还得告诉东海和台风呢……”

汪汪，汪汪。锤锤又叫了起来。锤锤用前爪从泥土里刨出一部半边已经没入泥里的手机。原来是台风的那部贴满了和最新型号毫不匹配的幼稚贴纸的手机。台风无比珍惜的手机为什么会掉在这里？海洋不禁起了一身的鸡皮疙瘩。这么想来，的确，这儿平时几乎不会有人经过，地上却印满了乱糟糟的脚印。有急匆匆跑来河边的脚印，有像是有人滑倒而铲出来的深深的印子，还有走到水里又出来了的脚印。较小的脚印像是由两个人踩出来的，看来应该是东海和台风。

海洋急忙给东海家里打电话，却没有人接。而台风的手机掉在了这里，那他多半也不在家了。再说，海洋也不

知道他家的电话，想打电话过去也没办法。

“他俩去哪儿了呢？该不会掉进水里了吧？”

海洋盯着湍急的河水，用力地摇了摇头。“不会的，不可能。”

锤锤把鼻子凑到台风的手机上，使劲地嗅着。海洋的脑海里瞬间浮现出一个好办法。

“对！锤锤，你闻闻手机的气味，然后找出他俩在哪儿。知道了吗？”

锤锤原本便是军队里的预备军犬，但因为太活泼了，没办法好好遵守规则，一看到小朋友就忍不住跑过去一起玩，所以便在军犬选拔考试里被淘汰了。后来它就被海洋一家领养了，十分幸运地过上了和宠物狗一样自由自在的生活。尽管如此，不知道锤锤是不是因为记得一部分训练内容，曾经救过在河里溺水的人，也曾用嗅觉找到过东西。

“快，帮我找到我的朋友们。这件事情很重要。”

锤锤吭哧吭哧地嗅着气味，跑到了小路上。虽然海洋不确定锤锤能不能找对路线，但除了相信它似乎也没别的办法了。锤锤一张一合着鼻孔，往前跑去。它吭哧吭哧地闻一下地面，又吭哧吭哧地闻一下草丛，有时还汪汪叫唤着催促海洋快跟上来。海洋跟着锤锤走了好久，最后来到了绿色发电站的后门。

“你怎么来到这儿了？难道台风在这里面吗？”

海洋松开了锤锤的牵引绳。锤锤立马冲向保安室，一边用爪子挠着门板，一边叫唤着。只听见里面传来了人的喊声。

“救命呀，门被锁住了！这里有人被困住了！”

东海在防盗窗格间探出头来。海洋被吓了一跳。

“东海，你怎么在这里？你没事吧？”

“嗯。你快把我们救出来吧。台风也在这里，而且他

还受伤了。”

海洋从窗户往屋子里看，只见台风躺在一张长长的沙发上。他紧闭着双眼，皱着眉，看起来疼得十分厉害。

“到底发生了什么事呀？”

“绿色发电站的老板把我们关起来了。”

“为什么？”

“我们也不知道。”

比起找他们被关起来的原因，把小伙伴们救出来才是最紧急的事情。海洋用尽全身力气，使劲摇晃保安室的门。但牢牢锁住的门锁一点儿也没有松动。海洋从花坛里捡来一块石头，朝门锁砸去。咣！锁一点儿事也没有，反倒是石头被砸碎了。

“唉，石头太脆了。不行，我现在就报警。”

就在海洋要掏出手机打电话的时候，一辆黑色的汽车像是打滑似的飞快驶来。车窗被摇了下来，露出了绿色发电站老板的脸。

“嗯？尹海洋？你怎么在这儿？尹星博士还好吗？”老板神色自若地问候道。

海洋十分激动地叫出声来：“叔叔，是你把我的朋友们关起来了吗？快放他们出来，不然我就要报警了。”海洋挥了挥手里攥着的手机，大声喊道。

老板以迅雷不及掩耳之势一下子抢走海洋的手机。

“那些捣蛋鬼是你的朋友？哎哟，这样子就为难了。我还想把他们再关一会儿，既然海洋你这么说的话，我得把他们放出来了，对吧？”

老板缓缓地从车上下来，把弄着保安室的门锁。但只听见锁摇晃的当当声，门却没有打开。

“奇了怪了，我明明开了锁，怎么门还是开不了呢？海洋，你来帮我瞧瞧这个锁是不是解开了，我看不太清楚。”

海洋一凑过来，老板便猛地把门打开，把海洋一把推了进去。咣当一声，海洋倒在了在门口等着的东海身上。这时老板又迅速把保安室的门锁上了。结果连海洋也被关起来了。

“什么呀？您不是说放了他们吗？”

老板摘下帽子，奸诈地笑了起来，露出流着汗的发亮的大光头。

“小孩子果然十分天真嘛！总之不用太担心，小鬼头们，等太阳下山了，你们的父母就会来找你们的。那个时候我就离开这个国家消失不见了。我在等八点钟的航班呢。所以你们就忍几个小时吧。里面有水和厕所，不会太难受的。”

老板把钥匙从窗口扔进里面。

“喏，等会儿你们的父母找来了，让他们用这个开门吧。还有，以后不要乱插手大人的事情了。为什么要在下雨天危险地出来找死鱼呢，嗯？乖乖地在家里自己玩耍的话，不就不会发生这种事情了吗？我那么喜欢小孩子，居然要对你们做出这样的事情，真是好心痛呀。”

“是叔叔倒的污水吧！所以鱼群才会死掉，对不对？所以你才会逃走，不是吗？”在老板快要离开的时候，东海赶紧问道。

“秀丽市的人成天吵着闹着说什么环保，搞得我都没办法运营了，我也是无可奈何呀。原本靠烧煤炭生产便宜的电的时候他们还挺开心的，然后突然又说要在烟囱装净化器。我花了大价钱装好净化器之后，他们又说得用能少排放污染物但昂贵的天然气来做燃料。现在又说要把废水净化干净了才能排放！现在科技发达了，自然可以想净

化多少就净化多少。但净化要花的钱谁来给呢，嗯？他们以为我是拿海因河的水来赚钱的吗？”

“那既然你是这么想的，为什么还要上电视说自己有多环保呢？你这个大骗子！”

老板用手背抹掉光秃秃的脑袋上的汗，装模作样地说道：“小鬼们，等你们变成大人就会懂了。人活着总是要撒谎的。反正我撒谎安抚市民们的这段时间里，大家都过得十分幸福嘛。”

说完，这个恶毒的坏人走向他的车。孩子们并不想放过这个破坏环境的坏人，他们可不能眼睁睁地看着他逃去外国吃香喝辣。就没有什么好办法吗？

海洋急忙叫住老板：“叔叔，环保发电其实也是值得经营的。在处理绿色发电站污水的污水处理中心装一个小型的水力发电机怎么样？也就是说利用把净水排入河流时因高度差产生的力量来发电。这样既不会影响环境，也能发电，是个不错的办法，不是吗？”

“算了吧。你觉得这样做能发多少电？完全就是吃力不讨好。”

“要不直接把绿色发电站改成用太阳能发电？”东海也提出一个方案。

但老板像是听不进去似的，捂住了双耳。

“够了，够了！你们刚刚说的我在电视上也说过不少了。不管再怎么努力改变，目前最便宜的就是煤炭。发达国家因为环境污染不再用煤炭了。那他们剩下来的煤炭拿来做什么好呢？我们拿一些来烧，呼吸点浑浊的空气不就好了。反正我们又不会因为这个立刻死掉，对吧？等未来的人发展医学，再想个什么办法就行了呀。我们要在活着的时候最大限度地利用环境，要把地球的煤炭和石油资源都用光。反正是地球免费给我们的东西，为什么要省着用？”

发电站老板一边无耻地说着，一边坐进了车里。如果就这么让他走的话，不仅会放走破坏环境的坏人，孩子们还会继续被关在这里好几个小时。难道就没有什么更好的办法了吗？急得直跺脚的海洋突然冲向防盗窗，伸出了她的小拳头。

“等一下，老板叔叔，您来看看这个。您看了这个肯定会放了我们的。”

“是什么东西？你该不会是想骗我吧。不过看在你那么诚恳的份儿上，我过去看看吧。”

挂着阴险笑容的老板走下了车。就在这时，海洋大喊起来。

“锤锤，快咬那个光头大叔！咬他的鼻子！”

锤锤大叫一声，冲向了绿色发电站老板。锤锤用厚实的前脚掌把老板压翻在地，轻轻地咬住了他的鼻子。

“哎，哎，快走开。快走开！”

锤锤！
咬他！

光头老板虽然用发抖的双手想要把锤锤从他身上推下来，但他可太小瞧它了。每当老板想要推开锤锤的时候，它就轻轻地咬一下老板的鼻头，然后再松开。还把黏糊糊的口水附赠给他。

“哎哟，哎哟哟。”

“锤锤，咬他！千万不能放他走。好好咬住了。”海洋和东海紧贴着窗口大声喊道。

不知道锤锤是不是感受到小主人的生命就靠它拯救了，它和平时不一样，格外认真地执行命令。对着光头老板的鼻子，咬一下又松开，咬一下又松开……锤锤流出来的口水越积越多，从老板的脸颊流了下来。

就在孩子们担心锤锤还能坚持多久的时候，一辆蓝色的卡车从绿色发电所的后门开了进来。

“海洋！海洋！你在这里吗？”从卡车里走下来的尹星博士和飞行员叔叔大声地呼喊着。

“妈妈，那个叔叔是坏人！是他杀死了鱼，还把我们关在了这里。”

“钥匙在这儿，快帮我们开门吧。”

海洋和东海一前一后地喊了起来。尹星博士急忙打开门锁，救出了孩子们。

“没事吧，孩子们？有没有受伤？”

“我们两个没事，但台风的脚受伤了。”海洋说道。

尹星博士和东海把台风扶到了卡车里。飞行员叔叔则从锤锤那里接手了光头大叔，把他关进了保安室里。

“警察很快就会来的，孩子们，你们受苦了。”尹星博士摸了摸几个勇敢的孩子的脑袋，松了口气。

第二天，海因河水獭探秘小队的三个小火枪手成了秀丽市里最有名的孩子。这是因为在秀丽市市民们最常看的报纸上，有一面刊登了一则题为《守护海因河的小英雄们》的新闻。不仅如此，孩子们还变成了小富豪。这是因为他们在环保大赛里毫无争议地赢了一等奖。

到了环保大赛颁奖典礼的那天，精心打扮好的台风又开始吹嘘起来：“朋友们，你们想吃什么？我给你们买。现在我可是有钱人了。”

“你当然得买给我了，明明就是个大光头。”东海说道。他说的是他们拿绿色发电站老板的头发打赌的事情。

“早知道你们问我就好了。我很久之前就知道那个叔叔是光头了。”台风还没告诉海洋打赌的内容她就知道了。

台风心里一下子嫉妒起来。“东海，是你告诉海洋的吗？就连我也不告诉一声？”

台风使劲捅了一下东海的肋下。就算是四岁开始认识的朋友，也不能觊觎自己喜欢的人。台风凶巴巴地瞪着东海。但这时灯恰好熄了，东海没看到台风冒火的眼神。

走上演讲台的是环保大赛评委尹星博士。

“今天，我要在这里宣布一件重要的事情。这段时间以来，我一直在为改善秀丽市的大气质量进行研究。在经过几番努力后，我们终于开发出可以减少细颗粒物的户外空气净化器。也就是通过在建筑物的屋顶上建造蓄水桶来储存雨水，并在雾霾严重的时候喷洒这些雨水来净化空气。”

这种户外空气净化器利用了用水洗刷细颗粒物的原理。像喷泉一样从屋顶喷洒下的水滴可以吸附细颗粒物，并把它们带到地面上。虽然不及下雨的效果好，但也不会给环境造成负担，还能更经济地净化空气。

“我们会先在坐落在阳光公园东、南、西、北四个方向的四栋建筑上进行试验。我们在各种技术中选择这个方法是因为它对环境造成的影响是最小的。我们决定使用这

个方法，都是多亏了在这次环保大赛中获奖的三个小朋友。东海、台风、海洋，谢谢你们。你们可真是保护环境的小英雄呀。”

尹星博士的演讲一结束，台下就响起了雷鸣般的掌声。这些掌声是献给保护了环境的三个小火枪手的。

“我从没这么感动过。”台风十分激动，连刚刚嫉妒东海的想法也忘了个精光。

东海也感动得红了眼眶，用力鼓起掌来。海洋拍了拍坐在她两侧的小伙伴，能和这两个小英雄做朋友真是太棒啦。

想要成为环境工程师

想成为环境工程师的话，该怎么做呢？

如果大家也关注环境问题的话，不妨试试看吧。我们现在就可以做的事情也有很多。现在就在家里走一圈，研究一下有什么方法能保护环境，怎么样？大家可以思考一下，怎么才能更好地给垃圾分类，怎么才能不使用一次性用品。我们还可以加入环保社团，参加与环境相关的志愿服务活动，对环境问题进行思考。除此之外，关注环境新闻，参加与环境有关的活动也能成为很好的经验。1992 年在巴西里约热内卢举行的联合国环境与发展大会上，一个 12 岁的加拿大女孩发表演说，呼吁人们为了孩子保护环境，十分感人。

如果想要成为环境工程师的话，最好攻读环境工程、环境科学、海洋环境科学、市政工程、地球环境科学等专业。相关专业还有土木工程学、建筑学、生物学、生态学等，因为环境工程学与其他科学技术是紧密相连的。

环境工程师们都做些什么呢？

环境工程师可以在环境科学院、环境政策研究所、国土资源研究院等研究机构研究与环境有关的技术。他们也可以担任气候变化专家、气象研究员、生态复原技术人员、废弃物能源化研究员等，还能在生态环境部、自然资源部、气象局等环境相关行政机关和联合国等国际机构工作。他们也可以去建筑工程公司和环境咨询公司工作，因为我们在建造大型建筑或公园的时候，需要事先了解它们会对周围的环境造成什么样的影响。

除此之外，环境工程师们还可以走进传媒界，广泛宣传环境的重要性，也可以成为环保活动家，壮大保护地球的力量。

图书在版编目（CIP）数据

水獭探秘小队 /（韩）郑在恩著；（韩）朴宰贤绘；樊梓贤译 . -- 北京：中信出版社，2023.6
（“小学生前沿科学奇遇记”系列）
ISBN 978-7-5217-3705-9

Ⅰ . ①水… Ⅱ . ①郑… ②朴… ③樊… Ⅲ . ①儿童小说－长篇小说－韩国－现代 Ⅳ . ① I312.684

中国版本图书馆 CIP 数据核字（2021）第 253771 号

水獭探秘小队
（“小学生前沿科学奇遇记”系列）

著　　者：［韩］郑在恩
绘　　者：［韩］朴宰贤
译　　者：樊梓贤
出版发行：中信出版集团股份有限公司
（北京市朝阳区东三环北路27号嘉铭中心　邮编　100020）
承 印 者：宝蕾元仁浩（天津）印刷有限公司

开　　本：880mm × 1230mm　1/32　　印　　张：4.25　　字　　数：75千字
版　　次：2023年6月第1版　　印　　次：2023年6月第1次印刷
京权图字：01－2021－5708
书　　号：ISBN 978－7－5217－3705－9
定　　价：19.80元

出　　品：中信儿童书店
图书策划：将将书坊　　策划编辑：张慧芳　高思宇　　责任编辑：谢媛媛
营销编辑：杜芳　　封面设计：周宴冰